鲁迅

《＜朝花夕拾＞新解》

图书在版编目（CIP）数据

《朝花夕拾》新解 / 冯益萍编. -- 哈尔滨 ：黑龙江教育出版社，2022.5
ISBN 978-7-5709-3081-4

Ⅰ．①朝… Ⅱ．①冯… Ⅲ．①鲁迅散文－文学研究 Ⅳ．①I210.97

中国版本图书馆CIP数据核字（2022）第073542号

《朝花夕拾》新解
ZHAO HUA XI SHI XIN JIE

冯益萍　编

责任编辑：周汉飞
责任校对：魏哲伦
装帧设计：北京迪睿科技工作室
出版发行：黑龙江教育出版社
地址邮编：哈尔滨市道里区群力第六大道 1305 号 （150070）
印　　刷：北京建宏印刷有限公司
开　　本：145mm×210mm　1/32
字　　数：120 千字
印　　张：6.5
版　　次：2022 年 5 月第 1 版
印　　次：2022 年 7 月第 1 次
标准书号：ISBN 978-7-5709-3081-4
定　　价：39.80 元

充满战斗精神的散文

——读《朝花夕拾》

伟大的文学家、思想家、革命家鲁迅，在艰苦的战斗环境中，于一九二六年写了十篇《旧事重提》，陆续发表在《莽原》半月刊上。前五篇写于北京，后五篇成于厦门。一九二七年鲁迅在广州编集时，写了《小引》和《后记》，并改题为《朝花夕拾》。从写作到编完，鲁迅经过了北京、厦门、广州等地，辗转于反动派的白色恐怖之下。带有浓烈硝烟味的《朝花夕拾》，正是鲁迅不屈不挠对敌斗争的见证。

一九二六年，是五四以后中国社会政治形势大发展、大变化的一年，也是鲁迅思想发展的重要时期。

自从一九二四年在中国共产党领导下建立国共两党的革命统一战线以后，中国第一次大革命开始走向高潮。

在五卅反帝爱国运动中，大规模的罢工、罢课、罢市斗争，给了帝国主义和封建军阀以沉重的打击。一九二五年底，全国范围的"反奉倒段"运动，将北洋军阀头子段祺瑞赶出北京，教育总长章士钊也狼狈塌台。南方各省的农民运动迅猛发展，声势浩大的北伐风暴酝酿成熟了。依靠帝国主义扶植的封建军阀政权处于彻底崩溃的前夜。一方面是革命潮流势力不可挡，一方面是反革命势力已成强弩之末。封建军阀眼看自己的统治岌岌可危，便加紧同帝国主义勾结，对革命进行残酷镇压，制造白色恐怖。以胡适、陈源（陈西滢）、徐志摩之流为代表的"现代评论派"，代表买办资产阶级的利益大造反革命舆论，利用他们在北京的《现代评论》杂志，抛出大量反革命黑文，为帝国主义、封建主义摇旗呐喊。

鲁迅在文化战线上，代表着全民族的大多数，向着北洋军阀及其走狗冲锋陷阵，展开了坚决的斗争。

女师大风潮是全国革命运动的一个组成部分。在这场斗争中，鲁迅始终站在革命青年一边，坚决支持青年的革命行动。而"现代评论派"则和女师大反动校长沉溜一气，造谣中伤，充当北洋军阀镇压学生运动的帮凶，扮演了可鄙的角色。鲁迅斥责他们使用"畜类的武器""鬼蜮的手段"，揭露了他们"自在黑幕中，偏说不知道；替暴君奔走，却以局外人自居；满肚子怀着鬼胎，而装出公允的笑脸"(《华盖集·并非闲话》)的丑恶嘴脸。

鲁迅有力的揭露，使得这伙人惊恐万状，叫嚷要"混斗的双方""带住"，放出了"休战"的烟幕。在大好革命形势下，是再接再厉，将斗争进行到底，还是穷寇不追，姑息养奸？这是关系到革命成败的大问题。鲁迅是最清醒的革命者。当资产阶级文人周作人、林语堂之流大喊"费厄泼赖"时，他针锋相对地提出痛打"落水狗"的口号，严正宣告："我还不能'带住'。"他运用各种文艺形式，从杂文、小说到散文，进行不懈的斗争。《朝花夕拾》中的《狗·猫·鼠》《阿长与＜山海经＞》便是在这个时候写成的。

革命的暴风骤雨猛烈冲击着帝国主义和封建军阀的黑暗统治。一九二六年北洋军阀制造了中国历史上骇人听闻的"三一八"惨案。段祺瑞政府为了掩盖其残暴的罪行，竟胡说什么这是由于"暴徒""冲击军警"而引起的。"现代评论派"也竭力为北洋军阀开脱罪责，污蔑学生是"受人利用"，"自蹈死地"。还无耻地嫁祸于人，要什么"暴徒首领"去负"道义上之责任"。在那是非不分、黑白颠倒的黑暗中，鲁迅挺身而出，痛斥反动当局及"正人君子"的无耻谰言，撕开他们的狰狞面目。反动派被击中要害，便加紧对鲁迅的迫害，要"通缉"鲁迅。鲁迅不得不离开寓所，到别处避难。在流离辗转中，鲁迅坚持战斗，又写下了《二十四孝图》《无常》《五猖会》等三篇战斗散文。

正当北京上空为北洋军阀血腥统治乌云笼罩的时侯，南方的革命形势如火如荼。七月，国民革命军胜利进军，鲁迅决定南下，迎接新的革命风暴。九月初，他来到厦门。北伐的节节胜利，使鲁迅感到欢欣鼓舞。然而，当时鲁迅所在的厦门大学，却充满尊孔复古和洋奴买办的思想毒素。校长是个尊孔派。从北京跑来的"现代评论派"，又勾结反动当局，打击、排挤鲁迅。鲁迅为了总结斗争经验，"更向旧社会进攻"，写出《朝花夕拾》中的后五篇。这就是他所说的是在"已经是被学者们挤出集团之后"写的。

鲁迅离开厦门到广州之后不久，蒋介石发动了"四一二"反革命政变。面对国民党反动派的刀丛剑树，他编着这个散文集，写下了这本书的《小引》和《后记》。鲁迅在这两篇文章中，无情地揭露国民党反动派的滔天罪行，表达了对革命光明前途的坚定信念。

《朝花夕拾》是一部具有强烈战斗性的散文集。鲁迅从现实斗争需要出发，回忆总结过去走过的道路。回忆是为了战斗，不是在战斗的"间歇"缅怀往事，也不是"发思古之幽情"，而是通过回忆总结历史的经验教训，形象地揭示出阶级斗争的某些规律。这些散文，是用回忆的丝缕，织成丰富多采，又带有高度现实意义的战斗篇章。

在这些战斗的篇章中，有的强烈抨击和揭露北洋军阀的走狗文人"现代评论派"，有的无情鞭挞封建礼教、封建教育制度和封建家庭教育，有的深刻批判封建社会的庸医，揭示阻碍社会发展的思想基础，有的把批判锋芒指向封建顽固派、洋务派、改良派，勾勒出他们腐朽反动的可憎面目，有的锐利批判资产阶级的软弱性和革命的不彻底性，揭露反革命复辟势力的猖獗和顽固。另一方面，我们可以看到，鲁迅是如何怀着深厚的感情歌颂劳动人民的，是怎样怀念和同情革命知识分子的不幸遭遇的，是多么热忱地赞颂没有狭隘民族偏见的国际友人的。所有这一切，实际上是配合了中国共产党在这个时期的革命斗争，鼓舞青年和革命人民进行彻底的反帝反封建的战斗。

鲁迅的《朝花夕拾》多方面描绘了那个时代的生活画面，展示着清王朝末年到辛亥革命失败的整个历史画卷。这一幅幅的画面，凝结了鲁迅对历史教训的总结。鲁迅在辛亥革命时期曾说："专制永长，昭苏非易。"封建地主阶级的长期统治，帝国主义近百年的侵略，旧的思想基础根深蒂固，要推翻它们的黑暗统治，非有巨大的风暴不可。鲁迅经历了辛亥革命的失败、袁世凯称帝、张勋复辟、段祺瑞卖国，所有的历史教训，使鲁迅加深了这个认识。《朝花夕拾》的后几篇，鲁迅对此作了生动的描绘。"三味书屋"里的孔孟之道毒害少年，社会上也到处散发封建的腐臭思想。在那黑暗深重的社会，只要是一点改革，便遭反动势力的反扑。绍兴"中西学堂"，只在课程上略有改变，便为"全城所笑骂"，成了众矢之的。鲁迅在南京，开始接触了新书，顽固的老辈便对他横加指责。革命者徐锡麟、秋瑾被清王朝杀害。拜倒在帝国主义脚下的洋务派，早为历史潮流所冲刷掉，资产阶级改良主义也逐渐为时代所抛弃。然而，"狐狸方去穴，桃偶已登场"，辛亥革命，虽给绍兴这个古老的小城招来满街白旗，但由于资产阶级从娘胎里带来的软骨头，仅有的一点革命成果，随即被封建反革命势力所吞噬。王金发新政府的变质，对革命竭诚的范爱农的悲剧，说明了资产阶级革命不能解决中国的前途和命运问题。正如毛泽东指出的：中国反帝反封建的资产阶级民主革命的任务，历史已判定不能经过资产阶级的领导，而必须经过无产阶级的领导，才能够完成。(《中国共产党在抗日时期的任务》)《朝花夕拾》艺术地反映了中国近代史的一个侧面。

在这个集子里，鲁迅比较完整地记录了自己从幼年到青年时期的生活道路和经历。在旧中国的茫茫暗夜中，鲁迅冲破封建思想的牢笼，毅然走出家门，离开他的故乡绍兴，到南京求学，寻找光明道路。之后，他又离开南京到日本探求革命真理，表现了他是一个"经过千辛万苦，向西方国家寻找真理"的"先进的中国人"。回国后，辛亥革命曾经给他带来希望，可是革命的失败，使鲁迅感到失望。但他又顽强地迈出坚定的步伐，去寻求新的道路。这反映出伟大的革命战士鲁迅，从来没有停止自己的步伐，他总是听从时代的召唤，站在时代的前列，不屈不挠地呼喊着、前进着。这种"没有停止"的革命精神，正是贯串在这个散文集的一条红线。《朝花夕拾》是我们学习鲁迅青少年时期革命精神的可贵资料，是研究鲁迅早期思想发展的重要艺术文献。

作者以生动完美的散文艺术形式，表现了深刻丰富的思想内容。《朝花夕拾》的许多篇章，是写人物的散文，有的则似乎是记事散文，但作者以极省俭的笔墨，刻画出人物的特征；有的以议论为主线，但在议论中，穿插生动的描写，刻画出活生生的人物形象。而这些人物，都被放在广阔的时代背景中去展现，从而揭示出阶级斗争的规律。由于作者敏锐地触及时事，揭示社会矛盾，所以，塑造出的人物都带着强烈的时代感，具有很高的典型性。

在描写人物时，鲁迅又采取多种手法，即使是写动物、鬼物，也是个性化了的，赋予深刻的社会意义。在叙事方面，作者通过典型事件的选择和深入开掘，揭示时代的本质问题，做到谈的是个人的"琐事"，但"琐事"不"琐"。记叙父亲的病，而能揭出社会的病根。写一个人的不幸遭遇，却紧连着时代风云，革命成败。讲述时，或以强烈的爱憎，感人肺腑；或则娓娓道来，妙趣横生，深深地吸引了读者。状物写景，寥寥几笔，形象鲜明，富有诗情画意。每篇结构严谨，有时插入故事，寓言，历史掌故，风俗习惯，科学知识，古书记载，这些都紧紧围绕着主线，做到舒卷自如，形散神不散。文风浓烈、犀利，而又含蓄、深沉；语言朴实，明快优美，更能表现深刻充实的思想内容。

鲁迅的战斗散文，是鲁迅著作的重要组成部分，是值得我们很好学习的，我们读读鲁迅的这个散文集，是肯定会有很大的教益的。

目 录

contents

鲁迅

小引 [1]

　　我常想在纷扰中寻出一点闲静来，然而委实不容易。目前是这么离奇，心里是这么芜杂。一个人做到只剩了回忆的时候，生涯大概总要算是无聊了罢，但有时竟会连回忆也没有。中国的做文章有轨范，世事也仍然是螺旋。前几天我离开中山大学的时候，便想起四个月以前的离开厦门大学；听到飞机在头上鸣叫，竟记得了一年前在北京城上日日旋绕的飞机[2]。我那时还做了一篇短文，叫做《一觉》[3]。现在是，连这"一觉"也没有了。

---

　　[1]本篇最初发表于 1927 年 5 月 25 日北京《莽原》半月刊第 2 卷第 10 期。

　　[2]1926 年 4 月，冯玉祥的国民军和奉系军阀张作霖、李景林所部作战期间，国民军驻守北京，奉军飞机曾多次飞临轰炸。

　　[3]《一觉》：散文诗。最初发表于 1926 年 4 月 19 日北京《语丝》周刊第 75 期，后收入《野草》。

广州的天气热得真早，夕阳从西窗射入，逼得人只能勉强穿一件单衣。书桌上的一盆"水横枝"[4]，是我先前没有见过的：就是一段树，只要浸在水中，枝叶便青葱得可爱。看看绿叶，编编旧稿，总算也在做一点事。做着这等事，真是虽生之日，犹死之年，很可以驱除炎热的。

前天，已将《野草》编定了；这回便轮到陆续载在《莽原》[5]上的《旧事重提》，我还替他改了一个名称：《朝花夕拾》。带露折花，色香自然要好得多，但是我不能够。便是现在心目中的离奇和芜杂，我也还不能使他即刻幻化，转成离奇和芜杂的文章。或者，他日仰看流云时，会在我的眼前一闪烁罢。

我有一时，曾经屡次忆起儿时在故乡所吃的蔬果：菱角，罗汉豆，茭白，香瓜。凡这些，都是极其鲜美可口的；都曾是使我思乡的蛊惑（gǔ huò，可指迷惑、诱惑、使人心意迷惑、惑乱、迷乱等）。后来，我在久别之后尝到了，也不过如此；惟独在记忆上，还有旧来的意味留存。他们也许要哄骗我一生，使我时时反顾。

---

[4]"水横枝"：一种盆景。在广州等南方暖和地区，取栀子的一段浸植于水钵中，能长绿叶，可供观赏。

[5]《莽原》：鲁迅在北京编辑的文艺刊物。1925年4月24日创刊，初为周刊，附《京报》发行。同年11月27日出至第32期休刊。1926年1月10日起改为半月刊，由未名社出版。1926年8月鲁迅离京后，改由韦素园接编。1927年12月25日出至第48期停刊。

这十篇就是从记忆中抄出来的，与实际容或有些不同，然而我现在只记得是这样。文体大概很杂乱，因为是或作或辍（chuò，本意是指中途停止，废止，舍弃等，如辍学、笔耕不辍），经了九个月之多。环境也不一：前两篇写于北京寓所[6]的东壁下；中三篇是流离中[7]所作，地方是医院和木匠房；后五篇却在厦门大学的图书馆的楼上，已经是被学者们[8]挤出集团之后了。

一九二七年五月一日，鲁迅于广州白云楼[9]记。

---

［6］北京寓所：指作者在北京阜成门内西三条胡同21号的寓所。现为鲁迅博物馆的一部分。

［7］流离中：1926年"三一八"惨案后，北洋军阀政府曾拟通缉当时北京文教界人士鲁迅等五十人（参看《而已集·大衍发微》），因此作者曾先后避居山本医院、德国医院、法国医院等处。避居医院时因病房已满，只得住入一间堆积杂物兼作木匠作场的房子。

［8］学者们：指当时在厦门大学任教的顾颉刚等人。

［9］白云楼：在广州东堤白云路。据《鲁迅日记》1927年3月29日作者自中山大学移居此处。

鲁迅　一九三〇年九月
二十四日照于上海，
时年五十。

鲁迅

狗·猫·鼠 [1]

「 写作背景 」

1925 年，五卅反帝爱国运动爆发，大规模的罢工、罢课、罢市斗争，给了帝国主义和封建军阀以沉重的打击。依靠帝国主义扶植的封建军阀政权处于彻底崩溃的前夜，他们眼看自己的统治岌岌可危，便加紧同帝国主义勾结，对革命力量进行残酷镇压，制造白色恐怖。以胡适、陈源（陈西滢）、徐志摩之流为代表的"现代评论派"，代表买办资产阶级的利益大造反革命舆论，利用他们在北京的《现代评论》杂志，抛出大量反革命黑文，为帝国主义、

[1] 本篇最初发表于 1926 年 3 月 10 日《莽原》半月刊第 1 卷第 5 期。

封建主义摇旗呐喊。

鲁迅在文化战线上，代表着全民族的大多数，向着北洋军阀及其走狗冲锋陷阵，展开了坚决的斗争。

女师大风潮是全国革命运动的一个组成部分。在这场斗争中，鲁迅始终站在革命青年一边，坚决支持青年的革命行动。而"现代评论派"则和女师大反动校长沆瀣（hàng xiè）一气，造谣中伤，充当北洋军阀镇压学生运动的帮凶，扮演了可鄙的角色。

1926年2月21日，作者鲁迅写下此文回击"现代评论派"的造谣中伤。

从去年起，仿佛听得有人说我是仇猫的。那根据自然是在我的那一篇《兔和猫》[2]；这是自画招供，当然无话可说，——但倒也毫不介意。一到今年，我可很有点担心了。我是常不免于弄弄笔墨的，写了下来，印了出去，对于有些人似乎总是搔着痒处的时候少，碰着痛处的时候多。

---

[2]《兔和猫》：最初发表于1922年10月10日北京《晨报副刊》，短篇小说，后收入《呐喊》。

万一不谨，甚而至于得罪了名人或名教授[3]，或者更甚而至于得罪了"负有指导青年责任的前辈"[4]之流，可就危险已极。为什么呢？因为这些大脚色是"不好惹"[5]的。怎地"不好惹"呢？就是怕要浑身发热[6]之后，做一封信登在报纸上，广告道："看哪！狗不是仇猫的么？鲁迅先生却自己承认是仇猫的，而他还说要打'落水狗'！"这"逻辑"的奥义，即在用我的话，来证明我倒是狗，于是而凡有言说，全都根本推翻，即使我说二二得四，三三见九，也没有一字不错。这些既然都错，则绅士口头的二二得七，三三见千等等，自然就不错了。

　　我于是就间或留心着查考它们成仇的"动机"。这也并

----

[3]名人或名教授：指当时"现代评论派"陈西滢等人。1926年1月20日，岂明在北京《晨报副刊》上发表了所写的《闲话的闲话之闲话》，里面说"北京有两位新文化新文学的名人名教授"在诬蔑女学生；10天之后，即1926年1月30日，陈西滢同样在《晨报副刊》上发表了《〈闲话的闲话之闲话〉引出来的几封信》，其中《致岂明》一信说："我虽然配不上称为新文化新文学的名人名教授，也未免要同其余的读者一样，有些疑心先生骂的有我在里面，虽然我拿着不着把柄。"

[4]"负有指导青年责任的前辈"：指徐志摩、陈西滢等。当时作者和"现代评论派"的斗争正在继续，1926年2月3日，徐志摩在《晨报副刊》发表《结束闲话，结束废话》一文，其中有双方都是"负有指导青年责任的前辈"之类的话。

[5]"不好惹"：这是徐志摩恫吓鲁迅的话。1926年1月30日，徐志摩在《晨报副刊》发表了为陈西滢辩护的《关于下面一束通信告读者们》，其中说："说实话，他也不是好惹的。"

[6]浑身发热：这是讽刺陈西滢的话。1926年1月30日，陈西滢在《晨报副刊》发表的《致志摩》中说："昨晚因为写另一篇文章，睡迟了，今天似乎有些发热。今天写了这封信，已经疲倦了。"

非敢妄学现下的学者以动机来褒贬作品[7]的那些时髦，不过想给自己预先洗刷洗刷。据我想，这在动物心理学家，是用不着费什么力气的，可惜我没有这学问。后来，在覃哈特博士[8]（Dr.O.Dahmhardt）的《自然史底国民童话》里，总算发现了那原因了。据说，是这么一回事：动物们因为要商议要事，开了一个会议，鸟、鱼、兽都齐集了，单是缺了象。大家议定，派伙计去迎接它，拈到了当这差使的阄的就是狗。"我怎么找到那象呢？我没有见过它，也和它不认识。"它问。"那容易，"大众说，"它是驼背的。"狗去了，遇见一匹猫，立刻弓起脊梁来，它便招待，同行，将弓着脊梁的猫介绍给大家道："象在这里！"但是大家都嗤笑它了。从此以后，狗和猫便成了仇家。

日尔曼人[9]走出森林虽然还不很久，学术文艺却已经很可观，便是书籍的装潢，玩具的工致，也无不令人心爱。独有这一篇童话却实在不漂亮；结怨也结得没有意思。猫的弓起脊梁，并不是希图冒充，故意摆架子的，其咎（jiù，

[7] 以动机来褒贬作品：这也是针对陈西滢的。1925年11月7日，陈西滢发表《闲话》一文，文中说："一件艺术品的产生，除了纯粹的创造冲动，是不是常常还夹杂着别种动机？是不是应当夹杂着别种不纯洁的动机？……年青的人，他们观看文艺美术是用十二分虔敬的眼光，一定不愿意承认创造者的动机是不纯粹的吧。可是，看一看古今中外的各种文艺美术品，我们不能不说它们的产生的动机大都是混杂的。"

[8] 覃哈特（1870—1915）：今译德恩哈尔特，德国文史学家、民俗学者。

[9] 日尔曼人：古代居住在欧洲东北部的一些部落的总称。

过失，罪过）却在狗的自己没眼力。然而原因也总可以算作一个原因。我的仇猫，是和这大大两样的。

其实人禽之辨，本不必这样严。在动物界，虽然并不如古人所幻想的那样舒适自由，可是噜苏做作的事总比人间少。它们适性任情，对就对，错就错，不说一句分辩话。虫蛆（qū，蝇类的幼虫）也许是不干净的，但它们并没有自命清高；鸷禽（zhì qín，指凶猛的鸟，如鹰、雕、枭等）猛兽以较弱的动物为饵，不妨说是凶残的罢，但它们从来就没有竖过"公理""正义"[10]的旗子，使牺牲者直到被吃的时候为止，还是一味佩服赞叹它们。人呢，能直立了，自然是一大进步；能说话了，自然又是一大进步；能写字作文了，自然又是一大进步。然而也就堕落，因为那时也开始了说空话。说空话尚无不可，甚至于连自己也不知道说着违心之论，则对于只能嗥叫的动物，实在免不得"颜厚有忸怩（niǔ ní）"[11]。假使真有一位一视同仁的造物主，高高在上，那么，对于人类的这些小聪明，也许倒以为多事，正如我们在万生园[12]里，看见猴子翻筋斗，母象请安，虽

---

[10]"公理""正义"：这是陈西滢等常用的字眼。如1925年11月北京女子师范大学复校后，陈西滢等就在宴会席上组织所谓"教育界公理维持会"，支持北洋政府迫害学生和教育界进步人士。

[11]"颜厚有忸怩"：语见《尚书・〈五子之歌〉》，大意是脸皮虽厚，内心也感到惭愧。

[12]万生园：北京动物园的前称。

然往往破颜一笑，但同时也觉得不舒服，甚至于感到悲哀，以为这些多余的聪明，倒不如没有的好罢。然而，既经为人，便也只好"党同伐异"[13]，学着人们的说话，随俗来谈一谈，——辩一辩了。

现在说起我仇猫的原因来，自己觉得是理由充足，而且光明正大的。一、它的性情就和别的猛兽不同，凡捕食雀、鼠，总不肯一口咬死，定要尽情玩弄，放走，又捉住，捉住，又放走，直待自己玩厌了，这才吃下去，颇与人们的幸灾乐祸，慢慢地折磨弱者的坏脾气相同。二、它不是和狮虎同族的么？可是有这么一副媚态！但这也许是限于天分之故罢，假使它的身材比现在大十倍，那就真不知道它所取的是怎么一种态度。然而，这些口实，仿佛又是现在提起笔来的时候添出来的，虽然也像是当时涌上心来的理由。要说得可靠一点，或者倒不如说不过因为它们配合时候的嗥叫（háo jiào，形容动物的大声嚎叫），手续竟有这么繁重，闹得别人心烦，尤其是夜间要看书，睡觉的时候。当这些时候，我便要用长竹竿去攻击它们。狗们在大道上

---

[13] "党同伐异"：语见《后汉书·党锢传序》。意思是集合同一派别的人，攻击敌人。陈西滢曾用此语影射攻击鲁迅，1925 年 11 月 7 日，陈西滢在《现代评论》第 2 卷第 48 期发表的《闲话》一文中说："中国人是没有是非的……凡是同党，什么都是好的，凡是异党，什么都是坏的。"

配合时，常有闲汉拿了木棍痛打；我曾见大勃吕该尔[14]（P.Bruegeld.A）的一张铜版画 Allegorieder Wollust上，也画着这回事，可见这样的举动，是中外古今一致的。自从那执拗的奥国学者弗罗特[15]（S.Freud）提倡了精神分析说——Psychoanalysis，听说章士钊[16]先生是译作"心解"的，虽然简古，可是实在难解得很——以来，我们的名人名教授也颇有隐隐约约，检来应用的了，这些事便不免又要归宿到性欲上去。打狗的事我不管，至于我的打猫，却只因为它们嚷嚷，此外并无恶意，我自信我的嫉妒心还没有这么博大，当现下"动辄获咎"之秋，这是不可不预先声明的。例如人们当配合之前，也很有些手续，新的是写情书，少则一束，多则一捆；旧的是什么"问名""纳采"[17]，磕头作揖，去年海昌蒋氏在北京举行婚礼，拜来拜去，就

---

    [14] 大勃吕该尔（1525—1569）：通译勃鲁盖尔，欧洲文艺复兴时期法兰德斯的讽刺画家。

    [15] 弗罗特（1856—1939）：通译为弗洛伊德，奥地利精神病医师、心理学家、精神分析学派创始人。1919年成立国际精神分析学会，标志着精神分析学派最终形成。他开创了潜意识研究的新领域，促进了动力心理学、人格心理学和变态心理学的发展，奠定了现代医学模式的新基础，为20世纪西方人文学科提供了重要理论支柱。

    [16] 章士钊（1881—1973）：字行严，笔名黄中黄、青桐、秋桐，湖南省长沙市人。曾任中华民国北洋政府段祺瑞政府司法总长兼教育总长，同济大学教授，北京大学教授，中华民国国民政府国民参政会参政员，中华人民共和国全国人大常委会委员，全国政协常委，中央文史研究馆馆长。

    [17] "问名""纳采"：旧时议婚中的礼仪。"问名"是男方通过媒妁问女方的姓名和出生年月日；"纳采"是向女方送订婚的礼物。

十足拜了三天，还印有一本红面子的《婚礼节文》，《序论》里大发议论道："平心论之，既名为礼，当必繁重。专图简易，何用礼为？……然则世之有志于礼者，可以兴矣！不可退居于礼所不下之庶人矣！"然而我毫不生气，这是因为无须我到场；因此也可见我的仇猫，理由实在简简单单，只为了它们在我的耳朵边尽嚷的缘故。人们的各种礼式，局外人可以不见不闻，我就满不管，但如果当我正要看书或睡觉的时候，有人来勒令朗诵情书，奉陪作揖，那是为自卫起见，还要用长竹竿来抵御的。还有，平素不大交往的人，忽而寄给我一个红帖子，上面印着"为舍妹出阁""小儿完姻""敬请观礼"或"阖（hé，全，总共）第光临"这些含有"阴险的暗示"[18]的句子，使我不花钱便总觉得有些过意不去的，我也不十分高兴。

但是，这都是近时的话。再一回忆，我的仇猫却远在能够说出这些理由之前，也许是还在十岁上下的时候了。至今还分明记得，那原因是极其简单的：只因为它吃老鼠，——吃了我饲养着的可爱的小小的隐鼠[19]。

听说西洋是不很喜欢黑猫的，不知道可确；但 Edgar

---

[18]"阴险的暗示"：这也是陈西滢的话。1926 年 1 月 30 日，陈西滢在《致岂明》的信中说："这话先生说了不止一次了，可是好像每次都在骂我的文章里，而且语气里很带些阴险的暗示。"意在否认他说过诬蔑女学生的话。

[19]隐鼠：即鼩鼱，鼠类中最小的一种。

Allan Poe[20]的小说里的黑猫，却实在有点骇人。日本的猫善于成精，传说中的"猫婆"[21]，那食人的惨酷确是更可怕。中国古时候虽然曾有"猫鬼"[22]，近来却很少听到猫的兴妖作怪，似乎古法已经失传，老实起来了。只是我在童年，总觉得它有点妖气，没有什么好感。那是一个我的幼时的夏夜，我躺在一株大桂树下的小板桌上乘凉，祖母摇着芭蕉扇坐在桌旁，给我猜谜，讲古事。忽然，桂树上沙沙地有趾爪的爬搔声，一对闪闪的眼睛在暗中随声而下，使我吃惊，也将祖母讲着的话打断，另讲猫的故事了——

"你知道么？猫是老虎的先生。"她说。"小孩子怎么会知道呢，猫是老虎的师父。老虎本来是什么也不会的，就投到猫的门下来。猫就教给它扑的方法，捉的方法，吃的方法，像自己的捉老鼠一样。这些教完了；老虎想，本领都学到了，谁也比不过它了，只有老师的猫还比自己强，要是杀掉猫，自己便是最强的脚色了。它打定主意，就上前去扑猫。猫是早知道它的来意的，一跳，便上了树，老

---

[20] Edgar Allan Poe：通译爱伦·坡（1809—1849），美国诗人和小说家。他在短篇小说《黑猫》中，描写了一个人因杀死一只猫而被神秘的黑猫逼成谋杀犯的故事。

[21] "猫婆"：日本民间的一个传说故事：有个老太婆养了一只猫，时间久了，猫变成了妖怪，它把老太婆吃掉，又变成老太婆的样子去害别人。

[22] "猫鬼"：《北史·独孤信传》记载有猫鬼杀人的故事："陁性好左道，其外祖母高氏先事猫鬼，已杀其舅郭沙罗，因转入其家。……每以子日夜祀之。言子者，鼠也。其猫鬼每杀人者，所死家财物潜移于畜猫鬼家。"

虎却只能眼睁睁地在树下蹲着。它还没有将一切本领传授完，还没有教给它上树。"

这是侥幸的，我想，幸而老虎很性急，否则从桂树上就会爬下一匹老虎来。然而究竟很怕人，我要进屋子里睡觉去了。夜色更加黯（àn）然；桂叶瑟瑟（sè sè，形容风声或其他轻微的声音）地作响，微风也吹动了，想来草席定已微凉，躺着也不至于烦得翻来复去了。

几百年的老屋中的豆油灯的微光下，是老鼠跳梁的世界，飘忽地走着，吱吱地叫着，那态度往往比"名人名教授"还轩昂。猫是饲养着的，然而吃饭不管事。祖母她们虽然常恨鼠子们啮（niè，用臼齿磨磨食物。辨析：上下前排牙的合拢称为"咬"；上下后排齿的合拢称为"啮"）破了箱柜，偷吃了东西，我却以为这也算不得什么大罪，也和我不相干，况且这类坏事大概是大个子的老鼠做的，决不能诬陷到我所爱的小鼠身上去。这类小鼠大抵在地上走动，只有拇指那么大，也不很畏惧人，我们那里叫它"隐鼠"，与专住在屋上的伟大者是两种。我的床前就帖着两张花纸，一是"八戒招赘（zhuì）"[23]，满纸长嘴大耳，我以为不甚雅观；

---

[23]"八戒招赘"：出自《西游记》第18回，指猪八戒在高老庄入赘高家的故事。

别的一张"老鼠成亲"[24]却可爱，自新郎、新妇以至傧相、宾客、执事，没有一个不是尖腮细腿，像煞读书人的，但穿的都是红衫绿裤。我想，能举办这样大仪式的，一定只有我所喜欢的那些隐鼠。现在是粗俗了，在路上遇见人类的迎娶仪仗，也不过当作性交的广告看，不甚留心；但那时的想看"老鼠成亲"的仪式，却极其神往，即使像海昌蒋氏似的连拜三夜，怕也未必会看得心烦。正月十四的夜，是我不肯轻易便睡，等候它们的仪仗从床下出来的夜。然而仍然只看见几个光着身子的隐鼠在地面游行，不像正在办着喜事。直到我熬不住了，怏怏睡去，一睁眼却已经天明，到了灯节了。也许鼠族的婚仪，不但不分请帖，来收罗贺礼，虽是真的"观礼"，也绝对不欢迎的罢，我想，这是它们向来的习惯，无法抗议的。

老鼠的大敌其实并不是猫。春后，你听到它"咋！咋咋咋咋！"地叫着，大家称为"老鼠数铜钱"的，便知道它的可怕的屠伯已经光临了。这声音是表现绝望的惊恐的，虽然遇见猫，还不至于这样叫。猫自然也可怕，但老鼠只要窜进一个小洞去，它也就奈何不得，逃命的机会还很多。独有那可怕的屠伯——蛇，身体是细长的，圆径和鼠子差

---

[24]"老鼠成亲"：据旧时江浙一带的民间传说，夏历正月十四日的半夜是老鼠成亲的日期。

不多，凡鼠子能到的地方，它也能到，追逐的时间也格外长，而且万难幸免，当"数钱"的时候，大概是已经没有第二步办法的了。

有一回，我就听得一间空屋里有着这种"数钱"的声音，推门进去，一条蛇伏在横梁上，看地上，躺着一匹隐鼠，口角流血，但两胁还是一起一落的。取来给躺在一个纸盒子里，大半天，竟醒过来了，渐渐地能够饮食，行走，到第二日，似乎就复了原，但是不逃走。放在地上，也时时跑到人面前来，而且缘腿而上，一直爬到膝髁。给放在饭桌上，便检吃些菜渣，舐舐碗沿；放在我的书桌上，则从容地游行，看见砚台便舐吃了研着的墨汁。这使我非常惊喜了。我听父亲说过的，中国有一种墨猴，只有拇指一般大，全身的毛是漆黑而且发亮的。它睡在笔筒里，一听到磨墨，便跳出来，等着，等到人写完字，套上笔，就舐尽了砚上的余墨，仍旧跳进笔筒里去了。我就极愿意有这样的一个墨猴，可是得不到；问那里有，那里买的呢，谁也不知道。"慰情聊胜无"[25]，这隐鼠总可以算是我的墨猴了罢，虽然它舐吃墨汁，并不一定肯等到我写完字。

现在已经记不分明，这样地大约有一两月；有一天，我忽然感到寂寞了，真所谓"若有所失"。我的隐鼠，是常

---

[25]"慰情聊胜无"：出自陶渊明诗《和刘柴桑》："弱女虽非男，慰情良胜无。"

在眼前游行的，或桌上，或地上。而这一日却大半天没有见，大家吃午饭了，也不见它走出来，平时，是一定出现的。我再等着，再等它一半天，然而仍然没有见。

长妈妈，一个一向带领着我的女工，也许是以为我等得太苦了罢，轻轻地来告诉我一句话。这即刻使我愤怒而且悲哀，决心和猫们为敌。她说：隐鼠是昨天晚上被猫吃去了！

当我失掉了所爱的，心中有着空虚时，我要充填以报仇的恶念！

我的报仇，就从家里饲养着的一匹花猫起手，逐渐推广，至于凡所遇见的诸猫。最先不过是追赶，袭击；后来却愈加巧妙了，能飞石击中它们的头，或诱入空屋里面，打得它垂头丧气。这作战继续得颇长久，此后似乎猫都不来近我了。但对于它们纵使怎样战胜，大约也算不得一个英雄；况且中国毕生和猫打仗的人也未必多，所以一切韬略（tāo lüè，用兵的计谋），战绩，还是全部省略了罢。

但许多天之后，也许是已经经过了大半年，我竟偶然得到一个意外的消息：那隐鼠其实并非被猫所害，倒是它缘着长妈妈的腿要爬上去，被她一脚踏死了。

这确是先前所没有料想到的。现在我已经记不清当时是怎样一个感想，但和猫的感情却终于没有融和；到了北京，还因为它伤害了兔的儿女们，便旧隙夹新嫌，使出更辣的辣手。"仇猫"的话柄，也从此传扬开来。然而在现在，这些早已是过去的事了，我已经改变态度，对猫颇为客气，倘其万不得已，则赶走而已，决不打伤它们，更何况杀害。这是我近几年的进步。经验既多，一旦大悟，知道猫的偷鱼肉，拖小鸡，深夜大叫，人们自然十之九是憎恶的，而这憎恶是在猫身上。假如我出而为人们驱除这憎恶，打伤或杀害了它，它便立刻变为可怜，那憎恶倒移在我身上了。所以，目下的办法，是凡遇猫们捣乱，至于有人讨厌时，我便站出去，在门口大声叱曰："嘘！滚！"小小平静，即回书房，这样，就长保着御侮保家的资格。其实这方法，中国的官兵就常在实做的，他们总不肯扫清土匪或扑灭敌人，因为这么一来，就要不被重视，甚至于因失其用处而被裁汰。我想，如果能将这方法推广应用，我大概也总可望成为所谓"指导青年"的"前辈"的罢，但现下也还未决心实践，正在研究而且推敲。

一九二六年二月二十一日

赏析阅读

此文的前半篇完全是杂文笔调，而且，文中以讽刺语气加以引用的一些话，如"负有指导青年责任的前辈""不好惹"等，都摘自论敌徐志摩、陈西滢的文章。直待写到后半篇，这才正式进入回忆序列：幼时夏夜在桂树底下听祖母讲猫和虎的故事，自己如何救下被蛇追杀的隐鼠，以及听说心爱的隐鼠被猫所吃，因而仇猫、打猫的经历。

全文可分为四个部分。第一部分从"从去年起，仿佛听得有人说我是仇猫的"开始，到"然而，既经为人，便也只好'党同伐异'，学着人们的说话，随俗来谈一谈，——辩一辩了"。

这一部分首先提出论敌的观点，加以剖析、批驳，非常富有杂文特色。文开篇即点出"有人"（指"现代评论派"之流）从去年起，散布流言蜚语，说鲁迅是"仇猫"的。他们的根据便是鲁迅的小说《兔和猫》。因为鲁迅的杂文、小说触到了他们的痛处，他们便采用卑劣的手段，胡说狗是仇猫的；鲁迅仇猫，就诬蔑鲁迅是"狗"。更由于鲁迅主张痛打落水狗，陈西滢在一篇文章中说："鲁迅先生的文章也是对了他的大镜子写的，没有一句骂人的话不能应用在他自己的身上。""现代评论派"采用这种愚蠢可笑的论法，妄图颠倒是非，用以洗刷自己的罪恶。

鲁迅紧抓要害，首先剖析了他们将"仇猫"当作判人为"狗"的根据。原来有一个童话说：由于"狗"把"猫"作为"象"请去参加动物的集会，引起大家的嗤笑，因此靠"狗"便和"猫"结了仇。鲁迅评论说：童话作者写"狗"的"仇猫"，其实并不高明，只缘"狗"自己没有眼力，纯属误会性质，没有多少道理。鲁迅进一步表明自己的观点：他的"仇猫"源自于对"猫"本质的憎恶。作者郑重地表明："我的仇猫，是和这大大两样的。"

从根本上推翻了"现代评论派"的立论根据。

文章的第二部分从"现在说起我仇猫的原因来"到"我也不十分高兴"为止。

紧接上文的"辩一辩"，鲁迅通过对猫的淋漓尽致的刻画，义正词严地说明了他仇"猫"的理由：一、猫的性情就和别的猛兽不同，颇有慢慢地折磨弱者的坏脾气。二、它有"这么一副媚态"。此外，还不知羞耻地"嗥叫"。这就准确地概括了"猫"的本质特征。鲁迅笔下的"猫"，正是对"现代评论派"惟妙惟肖的写照。他们对帝国主义、北洋军阀"媚态"十足，对革命群众、青年学生"凶狠"异常。他们又是善于为反动派做反革命舆论的特殊知识阶级。

通过批判"猫"的"嚷嚷"，作者严厉地批判了帝国主义、封建军阀的御用文人十足虚伪的各式"嚷嚷"，并由此抨击了当时上层社会的世态和封建礼教的虚伪性。但"现代评论派"之可恶，还在于要将"嚷嚷"的那些奇谈怪论强加于人。因此，鲁迅的"仇猫"以至打"猫"，自然是理由充足、光明正大的。

第三部分从"但是，这都是近时的话"到隐鼠被长妈妈"一脚踏死了"为止。

鲁迅通过追溯童年时期"仇猫"的原因，说明他现在的"仇猫"和童年的"仇猫"是很不同的。他童年时期"仇猫"的理由很简单，"总觉得它有点妖气，没有什么好感"。作者叙述了祖母所讲的故事，说明对猫的凶残、狡猾的初步认识，同时表现了他对弱者的同情，文章也自然而然地引到题目中的"鼠"的论题上去。

对于"鼠"，鲁迅并不是一概同情。幼年时，凭着他朴实的是非观念，十分厌恶"专住在屋上的伟大者"——"大个子的老鼠"；同情和喜爱"大抵在地上走动"的弱小者——"只有拇指那么大"的隐鼠。鲁迅用他那支犀利而幽默的笔，大有讥刺意味地描绘了"大个子老鼠"的形象，它们"那态度往往比'名人''名教授'还轩昂"。它们"啮破了箱柜，偷吃了东西"，干尽坏事，然而猫对它们却不管。这样的"鼠"和"猫"，便自然使人产生了恶感。鲁迅又充满感情地叙述以及饶有兴味地引用"老鼠成亲"这类引人神往、美妙的民间传说，令人感到隐鼠的可爱。可是对于惹人爱怜的无害的小隐鼠，猫却杀机毕露，随时是一种可怕的威胁，这不能不是作者儿时仇猫的一个原因。作者用不少笔墨描述小隐鼠的可爱之后，写到他所养的隐鼠的失踪，是"被猫吃去了"！这使"我"愤怒而且悲哀，决心与猫为敌。他宣告："当我失去了所爱的，心中有着空虚时，我要充填以报仇的恶念！"这段童年心理的描写，表达了他同情弱小，反抗强暴的感情。

文章通过一个"意外的消息"——隐鼠不是被猫所害，倒是被长妈妈"一脚踏死了"的转折，似乎否定了作者童年仇猫的根据。但实际上，却进一步肯定他的"仇猫"并不是出于误会，也不是由于个人的仇怨。所以，他"和猫的感情""终于没有融和"。

鲁迅童年时代的"仇猫"，是出于朴实的爱憎，而现在的"仇猫"则完全是由于看透了对手的丑恶本质所激起的强烈憎恨。鲁迅对"猫"的仇恨和斗争，完全是政治斗争。"现代评论派"原来妄想以鲁迅仇猫为话柄来诬蔑鲁迅，鲁迅以无可辩驳的逻辑力量阐明了自己"仇猫"的原因，把"现代评论派"的丑态暴露无遗，使他们无法逃遁！

文章的第四部分，是最后一个自然段，作者揭露了北洋军阀的御用文人鼓吹孔孟的中庸之道，以粉饰自己的反动本质，批判了对敌人宽容敷衍的错误态度，表示要坚定不移地与敌人斗争到底。

以动物喻人，是本文显著的艺术特色。作者通过丰富的材料，以议论为线索，夹叙夹议，塑造了一个生动的反面艺术形象。

尽管作者用了反语和曲笔，但是他所表现的逻辑性和说服力是强大的。鲁迅在当时的阶级斗争中，采取除恶务尽、绝不姑息的态度，不为敌人的各种好名称所迷惑，不因敌人的"颓然倒地"而宽恕，不怕被诬为"戕害慈善家的罪人"而穷追猛打，这是鲁迅一贯的精神，也是本文所表现的重要思想。

在这篇文章中，鲁迅以传神、犀利的笔触，着重刻画了"媚态的猫"这样一个买办资产阶级文人的丑陋嘴脸，这一画像不仅是指"现代评论派"，并在一定意义上说，也勾出了一切反动派的本质特征。全篇逻辑严密，针对性很强，燃烧着战斗的烈焰。

阿长与《山海经》[1]

「 写作背景 」

这篇散文，写于 1926 年 3 月 10 日。这时正值"三一八"惨案和北伐战争前夕，阶级斗争十分尖锐激烈。革命形势的发展，给了帝国主义及其走狗以沉重打击。他们一方面对革命人民残酷镇压，一方面收买、豢（huàn，豢养，意思是喂养牲畜）养一小撮反动文人，充当他们的喉舌，恶毒污蔑革命运动。"现代评论派"跳出来叫嚷什么："打！打！宣战！宣战！这样的中国人，呸！"他们竭力谩骂革命群众，要中国人民对帝国主义者卑躬屈膝，"被

---

[1]本篇最初发表于 1926 年 3 月 25 日《莽原》半月刊第 1 卷第 6 期。

打而不作声"。他们还胡说什么"中国的没有出息",
一般"国民"有"责任",为其主子的卖国勾当开
脱罪责。鲁迅和他们进行了针锋相对的斗争！他在
《华盖集续编・学界三魂》一文中,热烈地赞扬了劳
动人民的精神："唯有民魂是值得宝贵的,唯有他
发扬起来,中国才有真进步。"当时鲁迅已经把自
己的目光进一步落到劳动人民的身上,并在劳动人
民身上寄托着新的希望。

　　长妈妈[2],已经说过,是一个一向带领着我的女工,说
得阔气一点,就是我的保姆。我的母亲和许多别的人都这
样称呼她,似乎略带些客气的意思。只有祖母叫她阿长。
我平时叫她"阿妈",连"长"字也不带;但到憎恶她的时
候,——例如知道了谋死我那隐鼠的却是她的时候,就叫
她阿长。

　　我们那里没有姓长的;她生得黄胖而矮,"长"也不是
形容词。又不是她的名字,记得她自己说过,她的名字是
叫作什么姑娘的。什么姑娘,我现在已经忘却了,总之不
是长姑娘;也终于不知道她姓什么。记得她也曾告诉过我

---

　　[2]长妈妈：绍兴东浦大门溇人。死于 1899 年（清光绪二十五年）4 月。
夫家姓余。文末提及她"过继的儿子"名五九,是一个裁缝。

这个名称的来历：先前的先前，我家有一个女工，身材生得很高大，这就是真阿长。后来她回去了，我那什么姑娘才来补她的缺，然而大家因为叫惯了，没有再改口，于是她从此也就成为长妈妈了。

虽然背地里说人长短不是好事情，但倘使要我说句真心话，我可只得说：我实在不大佩服她。最讨厌的是常喜欢切切察察，向人们低声絮说些什么事。还竖起第二个手指，在空中上下摇动，或者点着对手或自己的鼻尖。我的家里一有些小风波，不知怎的我总疑心和这"切切察察"有些关系。又不许我走动，拔一株草，翻一块石头，就说我顽皮，要告诉我的母亲去了。一到夏天，睡觉时她又伸开两脚两手，在床中间摆成一个"大"字，挤得我没有余地翻身，久睡在一角的席子上，又已经烤得那么热。推她呢，不动；叫她呢，也不闻。

"长妈妈生得那么胖，一定很怕热罢？晚上的睡相，怕不见得很好罢？……"

母亲听到我多回诉苦之后，曾经这样地问过她。我也知道这意思是要她多给我一些空席。她不开口。但到夜里，我热得醒来的时候，却仍然看见满床摆着一个"大"字，一条臂膊还搁在我的颈子上。我想，这实在是无法可想了。

但是她懂得许多规矩；这些规矩，也大概是我所不耐烦的。一年中最高兴的时节，自然要数除夕了。辞岁之后，从长辈得到压岁钱，红纸包着，放在枕边，只要过一宵，便可以随意使用。睡在枕上，看着红包，想到明天买来的小鼓、刀枪、泥人、糖菩萨……。然而她进来，又将一个福橘[3]放在床头了。

"哥儿，你牢牢记住！"她极其郑重地说，"明天是正月初一，清早一睁开眼睛，第一句话就得对我说：'阿妈，恭喜恭喜！'记得么？你要记着，这是一年的运气的事情。不许说别的话！说过之后，还得吃一点福橘。"她又拿起那橘子来在我的眼前摇了两摇，"那么，一年到头，顺顺流流……。"

梦里也记得元旦的，第二天醒得特别早，一醒，就要坐起来。她却立刻伸出臂膊，一把将我按住。我惊异地看她时，只见她惶急地看着我。

她又有所要求似的，摇着我的肩。我忽而记得了——

"阿妈，恭喜……。"

"恭喜恭喜！大家恭喜！真聪明！恭喜恭喜！"她于是十分欢喜似的，笑将起来，同时将一点冰冷的东西，塞在我的嘴里。我大吃一惊之后，也就忽而记得，这就是所谓福橘，元旦辟头（pī tóu，开头、起首）的磨难，总算已

---

[3]福橘（jú）：福建产的橘子；因带有"福"字，为取吉利，旧时江浙民间有在夏历元旦早晨吃"福橘"的习俗。

经受完，可以下床玩耍去了。

她教给我的道理还很多，例如说人死了，不该说死掉，必须说"老掉了"；死了人，生了孩子的屋子里，不应该走进去；饭粒落在地上，必须拣起来，最好是吃下去；晒裤子用的竹竿底下，是万不可钻过去的……。此外，现在大抵忘却了，只有元旦的古怪仪式记得最清楚。总之：都是些烦琐之至，至今想起来还觉得非常麻烦的事情。

然而我有一时也对她发生过空前的敬意。她常常对我讲"长毛"。她之所谓"长毛"[4]者，不但洪秀全军，似乎连后来一切土匪强盗都在内，但除却革命党，因为那时还没有。她说得长毛非常可怕，他们的话就听不懂。她说先前长毛进城的时候，我家全都逃到海边去了，只留一个门房和年老的煮饭老妈子看家。后来长毛果然进门来了，那老妈子便叫他们"大王"，——据说对长毛就应该这样叫，——诉说自己的饥饿。长毛笑道："那么，这东西就给你吃了罢！"将一个圆圆的东西掷了过来，还带着一条小辫子，正是那门房的头。煮饭老妈子从此就骇破了胆，后来一提起，还是立刻面如土色，自己轻轻地拍着胸脯道："阿呀，骇死我了，骇死我了……。"

---

[4]"长毛"：指洪秀全（1814—1864）领导的太平军。为了对抗清政府剃发垂辫的法令，他们都留发而不结辫，因此被称为"长毛"。

我那时似乎倒并不怕，因为我觉得这些事和我毫不相干的，我不是一个门房。但她大概也即觉到了，说道："像你似的小孩子，长毛也要掳的，掳去做小长毛。还有好看的姑娘，也要掳。"

"那么，你是不要紧的。"我以为她一定最安全了，既不做门房，又不是小孩子，也生得不好看，况且颈子上还有许多炙疮疤。

"那里的话？！"她严肃地说。"我们就没有用处？我们也要被掳去。城外有兵来攻的时候，长毛就叫我们脱下裤子，一排一排地站在城墙上，外面的大炮就放不出来；再要放，就炸了！"

这实在是出于我意想之外的，不能不惊异。我一向只以为她满肚子是麻烦的礼节罢了，却不料她还有这样伟大的神力。从此对于她就有了特别的敬意，似乎实在深不可测；夜间的伸开手脚，占领全床，那当然是情有可原的了，倒应该我退让。

这种敬意，虽然也逐渐淡薄起来，但完全消失，大概是在知道她谋害了我的隐鼠之后。那时就极严重地诘问，而且当面叫她阿长。我想我又不真做小长毛，不去攻城，也不放炮，更不怕炮炸，我惧惮她什么呢！

但当我哀悼隐鼠，给它复仇的时候，一面又在渴慕着绘图的《山海经》[5]了。这渴慕是从一个远房的叔祖[6]惹起来的。他是一个胖胖的，和蔼的老人，爱种一点花木，如珠兰、茉莉之类，还有极其少见的，据说从北边带回去的马缨花。他的太太却正相反，什么也莫名其妙，曾将晒衣服的竹竿搁在珠兰的枝条上，枝折了，还要愤愤地咒骂道："死尸！"这老人是个寂寞者，因为无人可谈，就很爱和孩子们往来，有时简直称我们为"小友"。在我们聚族而居的宅子里，只有他书多，而且特别。制艺和试帖诗[7]，自然也是有的；但我却只在他的书斋里，看见过陆玑的《毛诗草木鸟兽虫鱼疏》[8]，还有许多名目很生的书籍。我那时最爱看的是《花镜》[9]，上面有许多图。他说给我听，曾经有过一部绘图的《山海经》，画着人面的兽，九头的蛇，三脚的

---

[5]《山海经》：18卷，约公元前4世纪至2世纪间的作品。内容主要是我国民间传说中的地理知识，还保存了不少上古时代流传下来的神话故事。鲁迅称之为"古之巫书"。参看《中国小说史略·神话与传说》。

[6]远房的叔祖：指周兆蓝，字玉田，是个秀才。

[7]制艺和试帖诗：都是科举考试规定的公式化诗文。制艺，即摘取"四书""五经"中的文句命题、立论的八股文；试帖诗，大抵取古人诗句或成语命题，冠以"赋得"二字，并限韵脚，一般为五言八韵。这里指当时书坊刊印的八股文和试帖诗的范本。

[8]陆玑：字元恪，三国时吴国吴郡人。《毛诗草木鸟兽虫鱼疏》，2卷，是解释《毛诗》中动植物名称的书。《毛诗》即《诗经》，相传为西汉初毛亨、毛苌所传，故称《毛诗》。

[9]《花镜》：即《秘传花镜》，是一部讲述园圃花木的书。清代杭州人陈淏子著，1688年（清康熙二十七年）刊印。全书6卷，内分"花历新栽""课花十八法""花木类考""藤蔓炎考""花草类考"，"养禽鸟、兽畜、鳞介、昆虫法"六门。

鸟，生着翅膀的人，没有头而以两乳当作眼睛的怪物，……可惜现在不知道放在那里了。

我很愿意看看这样的图画，但不好意思力逼他去寻找，他是很疏懒的。问别人呢，谁也不肯真实地回答我。压岁钱还有几百文，买罢，又没有好机会。有书买的大街离我家远得很，我一年中只能在正月间去玩一趟，那时候，两家书店都紧紧地关着门。

玩的时候倒是没有什么的，但一坐下，我就记得绘图的《山海经》。

大概是太过于念念不忘了，连阿长也来问《山海经》是怎么一回事。这是我向来没有和她说过的，我知道她并非学者，说了也无益；但既然来问，也就都对她说了。

过了十多天，或者一个月罢，我还记得，是她告假回家以后的四五天，她穿着新的蓝布衫回来了，一见面，就将一包书递给我，高兴地说道："哥儿，有画儿的'三哼经'，我给你买来了！"

我似乎遇着了一个霹雳，全体都震悚起来；赶紧去接过来，打开纸包，是四本小小的书，略略一翻，人面的兽，九头的蛇，……果然都在内。

这又使我发生新的敬意了，别人不肯做，或不能做的事，她却能够做成功。她确有伟大的神力。谋害隐鼠的怨恨，从此完全消灭了。

这四本书，乃是我最初得到，最为心爱的宝书。

书的模样，到现在还在眼前。可是从还在眼前的模样来说，却是一部刻印都十分粗拙的本子。纸张很黄；图象也很坏，甚至于几乎全用直线凑合，连动物的眼睛也都是长方形的。但那是我最为心爱的宝书，看起来，确是人面的兽；九头的蛇；一脚的牛；袋子似的帝江[10]；没有头而"以乳为目，以脐为口"，还要"执干戚而舞"的刑天[11]。

此后我就更其搜集绘图的书，于是有了石印的《尔雅音图》和《毛诗品物图考》[12]，又有了《点石斋丛画》和《诗画舫》[13]。《山海经》也另买了一部石印的，每卷都有图赞，绿色的画，字是红的，比那木刻的精致得多了。这一部直

---

[10]帝江：《山海经》中能歌善舞的神鸟。《山海经·西山经》说："其状如黄囊，赤如丹火，六足四翼，浑敦无面目。"

[11]刑天：《山海经》中的神话人物。《山海经·海外西经》中说："刑天至此与帝争神，帝断其首，葬之常羊之山；乃以乳为目，以脐为口，操干戚以舞。"干，盾牌；戚，大斧。都是古代兵器。

[12]《尔雅音图》：共3卷，《尔雅》是我国古代的辞书，作者不详，大概是汉初的著作。《尔雅音图》是宋人注明字音并加插图的一种《尔雅》版本。1801年（清嘉庆六年）曾燠曾翻刻元人所写的影宋钞绘图本，1882年（清光绪八年）上海同文书局曾据以石印。《毛诗品物图考》，共7卷，日本冈元凤作。是把《毛诗》中的动植物等画出图像并加简明考证的书。1784年（日本天明四年，即清乾隆四十九年）出版。

[13]《点石斋丛画》：共10卷，是一部汇辑中国画家作品的画谱，其中也收有日本画家的作品，尊闻阁主人编；1885年（清光绪十一年）上海点石斋书局石印。《诗画舫》，画谱名。汇印明代隆庆、万历年间画家的作品，分山水、人物、花鸟、草虫，四友、扇潜6卷。1879年（清光绪五年）上海点石斋书局曾翻印。

到前年还在，是缩印的郝懿（yì，美好，多指德行）行[14]疏。木刻的却已经记不清是什么时候失掉了。

我的保姆，长妈妈即阿长，辞了这人世，大概也有了三十年了罢。我终于不知道她的姓名，她的经历；仅知道有一个过继的儿子，她大约是青年守寡的孤孀（shuāng，死了丈夫的女人）。

仁厚黑暗的地母呵，愿在你怀里永安她的魂灵！

赏析阅读

阿长即长妈妈，是鲁迅小时熟悉和了解的一个普通劳动妇女。鲁迅对她有着深厚的感情。在《朝花夕拾》这个散文集里，《狗·猫·鼠》《五猖会》《从百草园到三味书屋》等篇中都写到阿长，本文则是集中描写她的一篇。

在《阿长与＜山海经＞》这篇以描写人物为主的散文中，作者通过对长妈妈的回忆，表达了他对劳动人民的真挚感情，热情赞颂了劳动人民的优秀品质；同时揭露和批判封建统治阶级对劳动人民的思想毒害，从中可以窥见鲁迅少年时代反抗封

---

[14]郝懿行（1757—1825）：字兰皋，山东栖霞人。清代经学家。著有《尔雅义疏》《山海经笺疏》及《易说》《春秋说略》等。

建礼教的思想萌芽。

那么，阿长是怎样的一个形象呢？

文章一开头，作了这样的介绍：阿长"是一个一向带领着我的女工，说得阔气一点，就是我的保姆"。接着介绍了"长妈妈"的来由。语言朴实，笔墨凝练，饱蘸着作者的无限同情。从这个介绍中看出，长妈妈是一个没有社会地位、连真实姓名也不为人们所知的极为平凡的劳动妇女。

鲁迅从记忆中，选择具有表现力的日常生活片段，写出她身上一些不良习惯和封建礼教、迷信思想的影响。如她"常喜欢切切察察，向人们低声絮说些什么事"。又有许多"规矩""道理"：人死了，必须说"老掉了"，死了人、生了孩子的屋里，不应该走进去；晒裤子用的竹竿底下，是万不可钻过去的；正月初一醒来开口要说："阿妈，恭喜……"这一切都使幼年鲁迅感到非常讨厌和麻烦。

长妈妈给鲁迅讲"长毛"故事时，"元邪正乏分"，把反抗封建统治阶级的农民革命军和土匪盗贼都混在一起了。她所说的"长毛"，"不但洪秀全军，似乎连后来一切土匪强盗都在内"，都非常可怕的。更可笑的是她那自信能使大炮爆炸的迷信思想。鲁迅风趣地说："从此对于她就有了特别的敬意，似乎实在深不可测，夜间的伸开手脚，占领全床，那当然是情有可原的了，倒应该我退让。"这蕴含着鲁迅的善意讽刺与批评。

可是，就在阿长的一些"缺点"中，仍然含有劳动人民的朴实思想。虽然她对鲁迅管束很严，但她的心地却是善良的，对孩子是真诚爱护的。夏夜睡觉时，她总是摆成个"大"字，占满床铺，别人说了她还不理会。这一方面表现了阿长那种粗犷的性格特征，另一方面也表现口头上说的一些规矩，她并不实行，思想上的尊卑观念，也并不浓厚。又如她说饭粒落在地上，必须拣起来，最好是吃下去，就包含着劳动人民爱惜粮食的好思想、好作风。

鲁迅虽然写出了长妈妈身上迷信落后的东西，并进行了批判，但这种批判是善意的，委婉的。同时，我们更应该看到：阿长的陈旧思想，是封建统治阶级长期奴役人民的恶果，也是旧的传统习惯势力毒害劳动人民的见证。鲁迅后来一针见血地指出："愚民的发生，是愚民政策的结果。"（《集外集·上海所见》）阿长头脑中的旧思想，是反动统治者愚民政策的反映。鲁迅似乎在嘲笑她的麻烦礼节，但批判锋芒却始终对准造成这种愚昧状况的根源——黑暗的封建制度及其精神支柱孔孟之道。对于阿长这样的受害者则始终寄予深切的同情。

如果说，鲁迅对长妈妈的不良习惯有所批判的话，那么，鲁迅对长妈妈的优秀品质的赞扬，对她"伟大的神力"歌颂，则是基本的，主要的。只有这样看，才能正确评价长妈妈的形象，准确把握主题思想。

当幼年的鲁迅听到长妈妈讲述妇女可以使大炮"炸了"的故事后，产生了"不料她还有这样伟大的神力"的"敬意"，但他笔锋一转，随即加以否定。作者通过这个转折，用形象的对比，写出长妈妈这一普通劳动妇女的真正"伟大的神力"，突出了长妈妈的本质特征。作者通过以下几个方面来刻画长妈妈的可贵精神。

第一，作者通过长妈妈同远房叔祖和他太太的对比，表现了长妈妈的好品质。鲁迅对《山海经》最初的"渴慕"是从远房叔祖那里引起的。这个"胖胖的"和蔼老人，有时也称鲁迅为小友。鲁迅从他那里看到各种书籍，如陆玑的《毛诗草木鸟兽虫鱼疏》《花镜》等。照理从他那里得到《山海经》是并不难的。但是他"很疏懒"，可望而不可即。叔祖太太呢？是个不近情理的女人，她"什么也莫名其妙"，自己把晒衣服的竹竿搁在珠兰的枝上，枝折了，还要愤愤地咒骂"死尸"！如此之粗蛮，鲁迅更不可能得到她的帮助。

第二，鲁迅正面描述了长妈妈主动替自己购买《山海经》的行动，并以自己的心情加以烘托。"问别人呢，谁也不肯真实地回答我。"买呢？又没有机会。此时的鲁迅真是苦思而不可得。然而独有长妈妈，这个连《山海经》说成"三哼经"的不识字妇女，却自动来关心鲁迅的学习，留心鲁迅的爱好，利用告假回家的机会，用自己辛苦劳动所得的一点点微薄工钱，热情地买来了这部鲁迅"最为心爱的宝书"。这是多么使人感动！买来的虽只是"一部刻印都十分粗拙的本子"，但它来自"并非学者"的劳动妇女之手，是多么值得赞扬！鲁迅特地把获得《山海经》

的意外与高兴加以渲染，着力表现出对长妈妈的感激心情。这为下文点出长妈妈的真正"伟大的神力"，起了重要的衬托作用。

显而易见，鲁迅对劳动人民的歌颂，并不止于一般的所谓善良、朴实，而是着重肯定了"别人不肯做，或不能做的事，她却能做成功"的"伟大的神力"。这种"神力"是一种肯于自我牺牲、勇于冲破重重束缚的可贵力量，是推动历史前进的力量。这是作者在结尾对长妈妈寄予无限怀念的缘由。请看，作者的怀念是何等深沉、强烈："我的保姆，长妈妈即阿长，辞了这人世，大概也有了三十年了罢。……仁厚黑暗的地母呵，愿在你怀里永安她的魂灵！"

《阿长与＜山海经＞》并不是一篇单纯的怀旧之作，而是蕴含着丰富深刻现实意义的诗篇。鲁迅之所以在阶级斗争十分尖锐复杂的时刻写它，完全是为了现实的战斗。这时期，鲁迅认为"现在的青年最要紧的是'行'，不是'言'。"（《华盖集·青年必读书》）强调要有"实做"的精神。长妈妈正是以她那"实做"精神感人的。劳动人民才是脚踏实地、肯办事而又能办事的。这是给当时那些污蔑革命群众的反动文人以当头一棒，也是刺向镇压革命人民的北洋军阀的锐利匕首。

《阿长与＜山海经＞》结构谨严，首尾呼应。作者以"我"对长妈妈的感情变化过程为主线，把全文有机地贯串起来，成为完整的统一体。随着"我"的感情变化起伏，文章层层推进，丝丝入扣，给读者留下深刻的印象和深长的回味。

《二十四孝图》[1]

「 写作背景 」

  《二十四孝图》写于 1926 年 5 月,距"三一八"惨案发生后不到两个月,是鲁迅结合现实斗争,用散文形式批判封建思想和反动势力的重要文章。

  这个时期,革命与反革命的斗争空前激烈。在中国共产党领导下,工农运动方兴未艾,北洋军阀的反动统治受到革命洪流的猛烈冲击。反动派慌了手足,疯狂屠杀革命群众,又在思想文化领域掀起了一股尊孔复古逆流,叫嚷"治国之道,纲纪为先",通令全国恢复祀孔,强制学校普遍读经,还把《百孝图》这个封建糟粕,重新翻印成《男女百孝图全

[1]本篇最初发表于 1926 年 5 月 25 日《莽原》半月刊第 1 卷第 10 期。

传》，滥肆发行。作为北洋军阀帮凶的反动文人也争相附和，恶毒否定新文化运动。1925 年封建复古派重新办起以反对新文化运动为目的，旨在提倡复古主义的《甲寅》周刊，叫嚣"读经救国"，公开咒骂白话，企图扼杀"五四"运动成果。而胡适、陈西滢等"现代评论派"为之拍手叫好，胡说《甲寅》愈办愈有"生气"。新老复古势力狼狈为奸，摆开阵势疯狂向新文化运动反攻倒算。和反革命势力浴血奋战的鲁迅，在"三一八"惨案之后，被北洋军阀迫害，流离在外。鲁迅坚持思想文化领域的斗争，在十分艰难的处境中抱病写了《二十四孝图》，这是直接刺向孔孟之道的锐利投枪，同时也是一篇批判北洋军阀及其走狗的战斗"咒文"。

　　我总要上下四方寻求，得到一种最黑，最黑，最黑的咒文，先来诅咒一切反对白话，妨害白话者。即使人死了真有灵魂，因这最恶的心，应该堕入地狱，也将决不改悔，总要先来诅咒一切反对白话，妨害白话者。

　　自从所谓"文学革命"[2]以来，供给孩子的书籍，和

---

　　[2]"文学革命"：指五四时期在马列主义影响下，由无产阶级领导的反对旧文学、提倡新文学的运动。文学革命问题的讨论，在 1917 年的《新青年》杂志上初步展开。五四运动爆发以后，它成为新文化革命的一部分，在无产阶级思想领导下，对封建势力所维护的旧文学和文言文进行了猛烈的批评。

欧、美、日本的一比较，虽然很可怜，但总算有图有说，只要能读下去，就可以懂得的了。可是一班别有心肠的人们，便竭力来阻遏它，要使孩子的世界中，没有一丝乐趣。北京现在常用"马虎子"这一句话来恐吓孩子们。或者说，那就是《开河记》[3]上所载的，给隋炀帝开河，蒸死小儿的麻叔谋；正确地写起来，须是"麻胡子"。那么，这麻叔谋乃是胡人了。但无论他是什么人，他的吃小孩究竟也还有限，不过尽他的一生。妨害白话者的流毒却甚于洪水猛兽，非常广大，也非常长久，能使全中国化成一个麻胡，凡有孩子都死在他肚子里。

只要对于白话来加以谋害者，都应该灭亡！

这些话，绅士们自然难免要掩住耳朵的，因为就是所谓"跳到半天空，骂得体无完肤，——还不肯罢休。"[4]而且文士们一定也要骂，以为大悖于"文格"，亦即大损于"人格"。岂不是"言者心声也"[5]么？"文"和"人"当然是相关的，虽然人间世本来千奇百怪，教授们中也有"不尊敬"

---

[3]《开河记》：传奇小说，宋代人作。记叙了隋炀帝令麻叔谋开掘汴渠的故事，其中有麻叔谋蒸食小孩的传说。

[4]"跳到半天空"等语：是陈西滢在1926年1月30日《晨报副刊》发表的《致志摩》中攻击鲁迅的话："他常常的无故骂人，……可是要是有人侵犯了他一言半语，他就跳到半天空，骂得你体无完肤——还不肯罢休。"

[5]"言者心声也"：语出汉代扬雄《法言·问神》篇："故言，心声也。"意思是说，语言和文章是人的思想的表现。

作者的人格而不能"不说他的小说好"[6]的特别种族。但这些我都不管，因为我幸而还没有爬上"象牙之塔"[7]去，正无须怎样小心。倘若无意中竟已撞上了，那就即刻跌下来罢。然而在跌下来的中途，当还未到地之前，还要说一遍：

　　只要对于白话来加以谋害者，都应该灭亡！

　　每看见小学生欢天喜地地看着一本粗拙的《儿童世界》[8]之类，另想到别国的儿童用书的精美，自然要觉得中国儿童的可怜。但回忆起我和我的同窗小友的童年，却不能不以为他幸福，给我们的永逝的韶光（sháo guāng，比喻美好的青年时代）一个悲哀的吊唁（yàn）。我们那时有什么可看呢，只要略有图画的本子，就要被塾师，就是当时的"引导青年的前辈"禁止，呵斥，甚而至于打手心。我的小同学因为专读"人之初性本善"[9]读得要枯燥而死了，只好偷偷地翻开第一叶，看那题着"文星高照"四个字的

---

　　[6]不能"不说他的小说好"：陈西滢在《现代评论》第3卷第71期（1926年4月17日）的《闲话》中说："我不能因为我不尊敬鲁迅先生的人格，就不说他的小说好，我也不能因为佩服他的小说，就称赞他其余的文章。"

　　[7]"象牙之塔"：最初是法国文艺批评家圣佩韦（1804—1864）评论同时代消极浪漫主义诗人维尼（1797—1863）的用语，后用以比喻脱离现实生活的艺术家的小天地。

　　[8]《儿童世界》：一种供高小程度儿童阅读的周刊(后改半月刊)，由上海商务印书馆编印，内容包括诗歌、童话、故事、谜语、笑话和儿童创作等，1922年1月创刊，1937年8月停刊。

　　[9]"人之初性本善"：旧时学塾通用的初级读物《三字经》的首二句。

恶鬼一般的魁星[10]像，来满足他幼稚的爱美的天性。昨天看这个，今天也看这个，然而他们的眼睛里还闪出苏醒和欢喜的光辉来。

在书塾之外，禁令可比较的宽了，但这是说自己的事，各人大概不一样。我能在大众面前，冠冕堂皇地阅看的，是《文昌帝君阴骘（zhì）文图说》[11]和《玉历钞传》[12]，都画着冥冥之中赏善罚恶的故事，雷公电母站在云中，牛头马面布满地下，不但"跳到半天空"是触犯天条的，即使半语不合，一念偶差，也都得受相当的报应。这所报的也并非"睚眦（yá zì）之怨"[13]，因为那地方是鬼神为君，"公

----

[10]魁星：奎星的俗称，我国古代天文学中二十八宿之一；最初在汉代人的纬书《孝经援神契》中有"奎主文昌"的说法，后来被附会为主宰科名和文运兴衰的神。魁星像略似"魁"字字形，一手执笔，一手持墨斗，上身前倾，一脚后翘，好像正在用笔点定谁将在科举中考中的样子。旧时学塾初级读物的扉页上常刊有魁星像。

[11]《文昌帝君阴骘文图说》：据迷信传说，晋时四川人张亚子，死后成为掌管人间功名禄籍的神道，称文昌帝君。《阴骘文图说》，相传为张亚子所作，是一部宣传因果报应，散布封建迷信的画集。阴骘，即阴德。

[12]《玉历钞传》：全称《玉历至宝钞传》，是一部宣传迷信的书，题称宋代"淡痴道人梦中得授，弟子勿迷道人钞录传世"，序文说它是"地藏王与十殿阎君，悯地狱之惨，奏请天帝，传《玉历》以管世"。共八章，第二章《＜玉历＞之图像》，即所谓十殿阎王地狱轮回等图像。

[13]"睚眦之怨"：出自《史记·范雎传》："一饭之德必偿，睚眦之怨必报。"睚眦之怨，意即小小的仇恨。陈西滢在《现代评论》第3卷第70期（1926年4月10日）发表《杨德群女士事件》一文，以答复女师大学生雷榆等五人为杨德群辩诬的信，其中暗指鲁迅说："因为那'杨女士不大愿意去'一句话，有些人在许多文章里就说我的罪状比执政府卫队还大！比军阀还凶！……不错，我曾经有一次在生气的时候揭穿过有些人的真面目，可是，难道四五十个死者的冤可以不雪，睚

理"作宰，请酒下跪，全都无功，简直是无法可想。在中国的天地间，不但做人，便是做鬼，也艰难极了。然而究竟很有比阳间更好的处所：无所谓"绅士"，也没有"流言"。

阴间，倘要稳妥，是颂扬不得的。尤其是常常好弄笔墨的人，在现在的中国，流言的治下，而又大谈"言行一致"[14]的时候。前车可鉴，听说阿尔志跋绥夫曾答一个少女的质问说，"唯有在人生的事实这本身中寻出欢喜者，可以活下去。倘若在那里什么也不见，他们其实倒不如死。"于是乎有一个叫作密哈罗夫的，寄信嘲骂他道，"……所以我完全诚实地劝你自杀来祸福你自己的生命，因为这第一是合于逻辑，第二是你的言语和行为不至于背驰。"

其实这论法就是谋杀，他就这样地在他的人生中寻出欢喜来。阿尔志跋绥夫只发了一大通牢骚，没有自杀。密哈罗夫先生后来不知道怎样，这一个欢喜失掉了，或者另外又寻到了"什么"了罢。诚然，"这些时候，勇敢，是安稳的；情热，是毫无危险的。"

眦之仇却不可不报吗？"后文提到"'公理'作宰，请酒下跪"，也是对陈西滢、杨荫榆等互相勾结迫害进步学生的嘲讽。

　　[14]大谈"言行一致"陈西滢在《现代评论》第3卷第59期（1926年1月23日）《闲话》中曾说："言行不相顾本没有多大稀罕，世界上多的是这样的人。讲革命的做官僚，讲言论自由的烧报馆"。这里说的"做官僚"，是指鲁迅在教育部任职；"烧报馆"，指1925年11月29日，北京群众在反对段祺瑞的示威中烧毁晨报（反动政治集川研究系的报纸）馆的事件。

然而，对于阴间，我终于已经颂扬过了，无法追改；虽有"言行不符"之嫌，但确没有受过阎王或小鬼的半文津贴，则差可以自解。总而言之，还是仍然写下去罢：

我所看的那些阴间的图画，都是家藏的老书，并非我所专有。我所收得的最先的画图本子，是一位长辈的赠品：《二十四孝图》[15]。这虽然不过薄薄的一本书，但是下图上说，鬼少人多，又为我一人所独有，使我高兴极了。那里面的故事，似乎是谁都知道的；便是不识字的人，例如阿长，也只要一看图画便能够滔滔地讲出这一段的事迹。但是，我于高兴之余，接着就是扫兴，因为我请人讲完了二十四个故事之后，才知道"孝"有如此之难，对于先前痴心妄想，想做孝子的计划，完全绝望了。

"人之初，性本善"么？这并非现在要加研究的问题。但我还依稀记得，我幼小时候实未尝蓄意忤逆，对于父母，倒是极愿意孝顺的。不过年幼无知，只用了私见来解释"孝顺"的做法，以为无非是"听话"，"从命"，以及长大之后，给年老的父母好好地吃饭罢了。自从得了这一本孝子的教科书以后，才知道并不然，而且还要难到几十几百倍。其

[15]《二十四孝图》：《二十四孝》，元代郭居敬编，主要辑录古代所传24位孝子的故事。后来的印本都配上图画，通称《二十四孝图》，是旧时宣扬封建孝道的通俗读物。

中自然也有可以勉力仿效的，如"子路负米"[16]，"黄香扇枕"[17]之类。"陆绩怀橘"[18]也并不难，只要有阔人请我吃饭。"鲁迅先生作宾客而怀橘乎？"我便跪答云，"吾母性之所爱，欲归以遗母。"阔人大佩服，于是孝子就做稳了，也非常省事。"哭竹生笋"[19]就可疑，怕我的精诚未必会这样感动天地。但是哭不出笋来，还不过抛脸而已，到"卧冰求鲤"[20]，可就有性命之虞（yú）了。我乡的天气是温和的，严冬中，水面也只结一层薄冰，即使孩子的重量怎样小，躺上去，也一定哗喇一声，冰破落水，鲤鱼还不及游过来。自然，必须不顾性命，这才孝感神明，会有出乎意料之外的奇迹，但那时我还小，实在不明白这些。

其中最使我不解，甚至于发生反感的，是"老莱娱亲"[21]

---

[16]"子路负米"：子路，孔丘的学生，姓仲名由，春秋时鲁国卞（在今山东泗水）人。《孔子家语·致思》中，子路自述"事二亲之时，常食藜藿之实，为亲负米百里之外"。

[17]"黄香扇枕"：黄香，东汉安陆（在今湖北）人，九岁丧母，《东观汉记》中说他对父亲"尽心供养，……暑即扇床枕，寒即以身温席"。

[18]"陆绩怀橘"：陆绩，三国时吴国吴县华亭（今上海市松江）人，科学家。《三国志·吴书·陆绩传》说他"年六岁，于九江见袁术。术出橘，绩怀三枚，去，拜辞堕地，术谓曰：'陆郎作宾客而怀橘乎？'绩跪答曰：'归欲遗母。'术大奇之"。

[19]"哭竹生笋"：三国时吴国孟宗的故事。唐代白居易编的《白氏六帖》中说："孟宗后母好笋，令宗冬月求之，宗入竹林恸哭，笋之为出。"

[20]"卧冰求鲤"：晋代王祥的故事。《晋书·王祥传》说他的后母"常欲生鱼，时天寒冰冻，祥解衣将剖冰求之，冰忽自解，双鲤跃出，持之而归"。

[21]"老莱娱亲"：老莱，传说是春秋时楚国人。《艺文类聚·人部》记有他七十岁时穿五色彩衣诈跌"娱亲"的故事。

和"郭巨埋儿"[22]两件事。

我至今还记得,一个躺在父母跟前的老头子,一个抱在母亲手上的小孩子,是怎样地使我发生不同的感想呵。他们一手都拿着"摇咕咚"。这玩意儿确是可爱的,北京称为小鼓,盖即鼗(táo)也,朱熹[23]曰:"鼗,小鼓,两旁有耳;持其柄而摇之,则旁耳还自击,"咕咚咕咚地响起来。然而这东西是不该拿在老莱子手里的,他应该扶一枝拐杖。现在这模样,简直是装佯,侮辱了孩子。我没有再看第二回,一到这一叶,便急速地翻过去了。

那时的《二十四孝图》,早已不知去向了,目下所有的只是一本日本小田海僊(xiān)[24]所画的本子,叙老莱子事云:"行年七十,言不称老,常著五色斑斓之衣,为婴儿戏于亲侧。又常取水上堂,诈跌仆地,作婴儿啼,以娱亲意。"大约旧本也差不多,而招我反感的便是"诈跌"。无论忤逆,无论孝顺,小孩子多不愿意"诈"作,听故事也不喜欢是

---

[22]"郭巨埋儿":郭巨,晋代陇虑(今河南林县)人。《太平御览》卷411引刘向《孝子图》说:"郭巨,……甚富。父没,分财二千万为两,分与两弟,已独取母供养。……妻产男,虑举之则妨供养,乃令妻抱儿,欲掘地埋之。于土中得金一釜,上有铁券云:'赐孝子郭巨。'……遂得兼养儿。"

[23]朱熹(1130—1200):字元晦,徽州婺源(在今江西)人。宋代理学家。这里的一段话,原是汉代郑玄关于《用礼·春官·小师》的注释,后被朱熹用作他的《论语集注·微子》中"播鼗武入于汉"一句的注释。

[24]小田海僊(1785—1862):日本江户幕府末期的文人画家。他画的《二十四孝图》是1844年(日本天保14年,即清道光24年)的作品,曾收入上海点石斋书局印行的《点石斋丛画》。

谣言，这是凡有稍稍留心儿童心理的都知道的。

然而在较古的书上一查，却还不至于如此虚伪。师觉授[25]《孝子传》云，"老莱子……常著斑斓之衣，为亲取饮，上堂脚跌，恐伤父母之心，僵仆为婴儿啼。"（《太平御览》[26]四百十三引）较之今说，似稍近于人情。不知怎地，后之君子却一定要改得他"诈"起来，心里才能舒服。邓伯道弃子救侄[27]，想来也不过"弃"而已矣，昏妄人也必须说他将儿子捆在树上，使他追不上来才肯歇手。正如将"肉麻当作有趣"一般，以不情为伦纪[28]，诬蔑了古人，教坏了后人。老莱子即是一例，道学先生[29]以为他白璧无瑕时，他却已在孩子的心中死掉了。

至于玩着"摇咕咚"的郭巨的儿子，却实在值得同情。他被抱在他母亲的臂膊上，高高兴兴地笑着；他的父亲却

---

[25]师觉授：南朝宋涅阳（今河南镇平南）人。他所著的《孝子传》8卷，已散佚；有清代黄辑本，收入《汉学堂丛书》中。

[26]《太平御览》：类书名。宋太平兴国二年（977）李昉等奉敕撰；初名《太平总类》，书成后经太宗阅览，因名《太平御览》。全书1000卷，分五十五门，所引书籍共1690种，其中不少现已散佚。

[27]邓伯道弃子救侄：邓伯道，名攸，晋代平阳襄陵（在今山西）人。据《晋书·邓攸传》载，石勒攻晋的战乱中，他全家出外逃难，途中曾弃子救侄。

[28]伦纪：即伦常、纲纪，指封建道德规定的人与人之间应该遵守的相互关系准则。

[29]道学先生：道学，又称理学，即宋代程颢、程颐、朱熹等人阐释儒家学说而形成的唯心主义思想体系，当时称为道学。道学先生，即指信奉和宣扬这种学说的人。

正在掘窟窿，要将他埋掉了。说明云，"汉郭巨家贫，有子三岁，母尝减食与之。巨谓妻曰，贫乏不能供母，子又分母之食。盍埋此子？"但是刘向[30]《孝子传》所说，却又有些不同：巨家是富的，他都给了两弟；孩子是才生的，并没有到三岁。结末又大略相像了，"及掘坑二尺，得黄金一釜，上云：天赐郭巨，官不得取，民不得夺！"

我最初实在替这孩子捏一把汗，待到掘出黄金一釜，这才觉得轻松。然而我已经不但自己不敢再想做孝子，并且怕我父亲去做孝子了。家境正在坏下去，常听到父母愁柴米；祖母又老了，倘使我的父亲竟学了郭巨，那么，该埋的不正是我么？如果一丝不走样，也掘出一釜黄金来，那自然是如天之福，但是，那时我虽然年纪小，似乎也明白天下未必有这样的巧事。

现在想起来，实在很觉得傻气。这是因为现在已经知道了这些老玩意，本来谁也不实行。整饬（chì）伦纪的文电是常有的，却很少见绅士赤条条地躺在冰上面，将军跳下汽车去负米。何况现在早长大了，看过几部古书，买过

---

[30]刘向（公元前77—前6）：字子政，西汉沛（今江苏沛县）人。经学家、文学家。他作的《孝子传》已亡佚，有清代黄奭的辑本，收入《汉学堂丛书》；又有茅泮林的辑本，收入《梅瑞轩十种古逸书》。

几本新书，什么《太平御览》咧，《古孝子传》[31]咧，《人口问题》咧，《节制生育》咧，《二十世纪是儿童的世界》咧，可以抵抗被埋的理由多得很。不过彼一时，此一时，彼时我委实有点害怕：掘好深坑，不见黄金，连"摇咕咚"一同埋下去，盖上土，踏得实实的，又有什么法子可想呢。我想，事情虽然未必实现，但我从此总怕听到我的父母愁穷，怕看见我的白发的祖母，总觉得她是和我不两立，至少，也是一个和我的生命有些妨碍的人。后来这印象日见其淡了，但总有一些留遗，一直到她去世——这大概是送给《二十四孝图》的儒者所万料不到的罢。

五月十日

赏析阅读

鲁迅一开头就用极其强烈的感情表示了对"一切反对白话，妨害白话者"的极端仇恨，要用"一种最黑，最黑，最黑的咒文"，对一切反对白话者加以诅咒，就是"坠入地狱，也将决不改悔"。短短数语，迸发出同反革命复古势力坚决斗争的强烈火花。

---

[31]《古孝子传》：清代茅泮林编，是从"类书"中辑录刘向、萧广济、王歆、王韶之、周景式、师觉授、虞盘佑、郑缉等已散佚的《孝子传》成书，收入《梅瑞轩十种古逸书》中。

接着，鲁迅通过儿童读物的改革遭到"阻遏"的事实，有力揭露了复古势力的危害；他们为了维护和强化孔孟的思想统治，"别有心肠"地"竭力"用封建思想毒害和虐杀儿童，"使孩子的世界中，没有一丝乐趣"。鲁迅深刻地指出："麻胡子"是要吃人的，但是，麻胡子吃人"不过尽他的一生"，而复古势力用旧思想、旧文化、旧道德毒害和束缚儿童，比麻胡子更凶狠，"能使全中国化成一个麻胡，凡有孩子都死在他肚子里。"这里的严重性是多么惊心触目！鲁迅指出：提倡古文，反对白话文，扼杀文化革命成果的，"都应该灭亡"！鲁迅用复句特别强调了这个思想，这既是对他们的愤怒咒词，又是严正的判决。

鲁迅深知"诅咒"要招来敌人的疯狂反扑，"现代评论派"之流的"绅士"，难免要"掩住耳朵的"。鲁迅鲜明表明自己的立场，铿锵有力地说，尽管他们要造谣诬陷，"但这些我都不管"，即便从半空中跌下来，就是在跌下来的中途，还要重申自己的主张。这话充分表现了他誓与黑暗反动势力斗争到底的坚韧意志！

鲁迅在回忆童年没有什么可看的"枯燥而死"的生活，吊唁"永逝的韶光"时，结合现实斗争，揭露了"现代评论派"造谣中伤的卑鄙手段。他从画阴间的图画，引出在旧中国"便是做鬼，也艰难极了"。但即使是这样，阴间还有比阳间好的地方："无所谓'绅士'，也没有'流言'"，给"绅士"们以一个重击。鲁迅又引了密哈罗夫的卑鄙言论和可笑逻辑，揭露"现代评论派"在黑暗的中国、流言的治下，侈谈什么"言行一致"，是和密哈罗夫同样无耻，其实质"就是谋杀"。因为按照他们的逻辑，颂扬阴间就应当去自杀。然而鲁迅颂扬阴间，是抨击现实，他们那套谬论根本无损于鲁迅的一根毫毛。其间说到"没有受过阎王或小鬼的半文津贴"，也是顺手对北洋军阀的走卒"现代评论派"以沉重的一击。在这里，鲁迅将追忆往事跟抨击现实紧密地结合起来，大大增强了文章的战斗力。

文章后半部，鲁迅为了深入抨击"反对白话者"，选择了反面材料《二十四孝图》，全面加以批判，深刻揭露了北洋军阀及其走狗文人尊孔劝孝的政治目的，使读者看清他们所维护的旧事物是如何反动腐朽，荒唐可笑，进一步指出维护旧事物者必然灭亡的结局。

鲁迅对《二十四孝图》的批判，是从他童年的感受开始的，着重揭示"孝道"的虚伪性、残酷性和欺骗性。鲁迅对"孝"的最初认识，无非是"听话""顺从"，可是当他得到《二十四孝图》之后，感到做"孝子"并不这样简单。做"孝子"是既"难"，又"险"，而且要"诈"，其中充斥荒诞离奇的谬论，令人肉麻的造作。文章列举了"陆绩怀桔""哭竹生笋"和"卧冰求鲤"等所谓孝子事例的分析，说明孝道是骗人、害人之道，是万万不能"仿效的"。如去卧冰求鲤，恐怕"鲤鱼还不及游过来"，早就"冰破落水"，辛辣地讽刺了此事的荒谬。

对"孝"的故事作概括性的批判之后，作者抓住最使人反感的"老莱娱亲"和"郭巨埋儿"两件事，深入剖析，进一步揭穿孝道的虚伪和残酷。七十多岁的老头，老态龙钟，却要穿上五色斑斓之衣，摇起拨浪鼓在父母面前作婴儿戏，真是丑态百出，令人作呕。鲁迅又抓住老莱子的"诈跌"，突出批判"孝道"的"诈"。鲁迅说："无论忤逆，无论孝顺，小孩子多不愿意'诈'作，听故事也不喜欢是谣言"。这"诈"字活灵活现暴露了孝道的虚伪，同时又顺手向包括"现代评论派"在内的一切造谣"专家"一刺。鲁迅进而通过古今版本的比较，说明后来的"君子"，硬是把老莱子的真跌改成"诈跌"，"以不情为伦纪"，实在是"诬蔑了古人，教坏了后人"。"诈"是孔孟孝道的阶级本质所决定的，它反映了封建统治阶级愚弄人民的把戏和巧伪奸诈的阴险心理。

郭巨为了尽孝，忍心将活泼泼的三岁儿子活活埋在"不见底"的深坑里。这里"孝道"的残酷性已经一目了然。鲁迅透过现象抓住"孝"的本质，更为深刻地指出：所谓"孝道"，主要的尚非肉体上的戕害，而是思想上的毒害和精神上的虐杀。明明是被杀的却还要将他画成"高高兴兴"地笑着，残杀儿童的郭巨不但未被惩罚，反倒成了载入书册的名"孝子"。吃人也能"假借大义"，遮掩罪名。这就把"孝道"的吃人本质揭露无余了。

送《二十四孝图》给鲁迅的儒者，本想宣扬"孝道"，结果适得其反。鲁迅原先和祖母、父亲的感情是好的，可是，看了《二十四孝图》以后，他怕听到父母愁穷，怕看见他白发的祖母，反而造成感情上的对立和隔阂。他在文章的结尾讽刺道："这大概是送给《二十四孝图》的儒者所万料不到的罢。"这就宣告了孝道这帖反动统治阶级的蒙汗药完全失效，指明了他们骗局的破产。

宣扬封建孝道，是反动统治阶级的政治需要。孝的骗人，鲁迅幼年时已有所知，什么"哭竹生笋""卧冰求鲤"，以及"天赐黄金"等，那时"虽然年纪小，似乎也明白天下未必有这样的巧事"。但对孔孟"孝道"本质上的认识，那是随着阶级斗争的实践而逐渐加深的。鲁迅在《十四年的"读经"》中指出："尊孔，崇儒，专经，复古，由来已经很久了。皇帝和大臣们，向来总要取其一端，或者'以孝治天下'，或者'以忠诏天下'，而且又'以贞节励天下'。"（《华盖集》）而大谈仁义道德的尊孔读经的鼓吹者，又恰恰是一肚子男盗女娼。鲁迅曾把这些人比做"聪明人"，把被这些人所骗而上当的喻为"笨牛"。在本文中，鲁迅深刻指出，所谓孝的倡导者自己是从来"不实行"的，"整饬伦纪的文电是常有的，却很少见绅士赤条条地躺在冰上面，将军跳下汽车去负米"。这是多么生动地揭露了反动统治者宣扬孝道的实质啊！他们不过是借之以欺骗和愚弄人民，维护其反动统治罢了。

一切反动派当着"渐近末路"的时候，总要把尊孔当做"敲门砖"来"敲开幸福之门"，但是他们无不以失败告终。北洋军阀及其御用文人也不例外。正如毛泽东指出的："凡属倒退行为，结果都和主持者的原来的愿望相反。古今中外，没有例外。"（《新民主主义的宪政》）

《二十四孝图》反映了童年鲁迅反封建思想的萌芽，有助于我们理解鲁迅所说的这句话："孔孟的书我读得最早，最熟，然而倒似乎和我不相干。"（《坟·写在＜坟＞后面》）此后，鲁迅又写了大量文章，从多方面对孔孟之道进行全面而深刻的批判，成为一个向着孔家店挥刀猛进、冲锋陷阵的英勇旗手。

这篇散文内容既丰富又深刻，而鲁迅在同尊孔复古派作斗争中显现出来的巧妙战斗艺术，也给读者留下了深刻的印象。

文章抓住反面典型加以揭露批判，指出它们的荒唐可笑。但鲁迅批判《二十四孝图》，并没有把二十四个行孝之事逐一批驳，对有的孝事干脆一字不提，有些则几笔略过，但却集中笔力狠批"老莱娱亲"和"郭巨埋儿"，层层深入，剖析入理，把二十四孝的实质问题统统包括在内。鲁迅拿这两件"孝"事开刀，乃是精心选择的结果。因为在《二十四孝图》中，它们最能说明孝道的本质，各自起了反面典型的作用。鲁迅抓住它们批判，使文章显得精练和锋利。

文章撒得开，收得拢，层次分明，紧扣中心。初看，鲁迅似乎写了许多与《二十四孝图》并无直接关系的事物，仔细分析却毫无繁杂之感。文章可理出一条明晰的线索：从反对白话这个现实入手，追忆童年，联想古今儿童读物，又巧妙过渡到《二十四孝图》，结构很严谨。而这条线索又始终贯串着抨击封建军阀及其走狗文人开倒车、搞复辟这样一个中心。全文的前后两个部分，在这个中心上互相联系起来。写古今读物，有利于对比，说明了复古势力像"麻胡子"一样吃人；回忆童年对《二十四孝图》的感受，则鞭挞了北洋军阀搞复辟的罪行，同时暴露封建复古势力的黑暗没落，说到密哈罗夫和阴间，又有力揭露了复古阵营中"现代评论派"的卑劣手段。总之，作品既无拘无束，通篇又扣紧主题，既发挥了散文的特点，又保持了文章特有的集中性。内容丰富，容量很大，批判有力，真是纲举目张。

五猖会 [1]

「写作背景」

　　作者鲁迅出生在一个从小康到困顿的封建家庭。"学而优则仕""万般皆下品，唯有读书高"，是封建家庭教育的准则。作者鲁迅的父亲虽不同于禁止"妇孺"去看赛会的封建顽固派，但他也不可能摆脱孔孟之道的束缚。在他看来读书—科举—做官才是人生唯一正确的道路，强制孩子读死书、死读书，当然是"天经地义"的。鲁迅七岁起就开始读《鉴略》，长年被关在牢笼似的家庭里，强记、死背"那一字也不懂"的古文，过着一种几乎与外界隔离的"牢笼"生活。鲁迅有感于少年的经历，创作了此文。

---

[1] 本篇最初发表于 1926 年 6 月 10 日《莽原》半月刊第 1 卷第 11 期。

　　孩子们所盼望的，过年过节之外，大概要数迎神赛会[2]的时候了。但我家的所在很偏僻，待到赛会的行列经过时，一定已在下午，仪仗之类，也减而又减，所剩的极其寥寥。往往伸着颈子等候多时，却只见十几个人抬着一个金脸或蓝脸红脸的神像匆匆地跑过去。于是，完了。

　　我常存着这样的一个希望：这一次所见的赛会，比前一次繁盛些。可是结果总是一个"差不多"；也总是只留下一个纪念品，就是当神像还未抬过之前，化一文钱买下的，用一点烂泥，一点颜色纸，一枝竹签和两三枝鸡毛所做的，吹起来会发出一种刺耳的声音的哨子，叫作"吹都都"的，吡吡地吹它两三天。

　　现在看看《陶庵（ān）梦忆》[3]，觉得那时的赛会，真是豪奢极了，虽然明人的文章，怕难免有些夸大。因为祷雨而迎龙王，现在也还有的，但办法却已经很简单，不过是十多人盘旋着一条龙，以及村童们扮些海鬼。那时却还要扮故事，而且实在奇拔得可观。他记扮《水浒传》[4]中人物云："……于是分头四出，寻黑矮汉，寻梢长大汉，寻头

————————

　　[2]迎神赛会：旧时的一种迷信习俗，用仪仗鼓乐和杂戏迎冲出庙，周游街巷，以酬神祈福。

　　[3]《陶庵梦忆》：小品文集8卷，明代张岱（号陶庵）著。本文所引见该书卷7《及时雨》条，记的是明崇祯五年（1632）七月绍兴的祈雨赛会情况。

　　[4]《水浒传》：长篇小说，明代施耐庵著。

陀[5]，寻胖大和尚，寻苗壮妇人，寻姣长妇人，寻青面，寻歪头，寻赤须，寻美髯，寻黑大汉，寻赤脸长须。大索城中;无，则之郭，之村，之山僻，之邻府州县。用重价聘之，得三十六人，梁山泊好汉，个个呵活，臻臻至至[6]，人马称妞（chuò）[7]而行……"这样的白描的活古人，谁能不动一看的雅兴呢？可惜这种盛举，早已和明社[8]一同消灭了。

赛会虽然不像现在上海的旗袍[9]，北京的谈国事[10]，为当局所禁止，然而妇孺们是不许看的，读书人即所谓士子，也大抵不肯赶去看。只有游手好闲的闲人，这才跑到庙前或衙门前去看热闹；我关于赛会的知识，多半是从他们的叙述上得来的，并非考据家所贵重的"眼学"[11]。然而记得有一回，也亲见过较盛的赛会。开首是一个孩子骑马先来，称为"塘报"[12]；过了许久，"高照"[13]到了，长竹竿揭起

　　[5]头陀：梵语音译。原意为佛教苦行僧，后用以称游方乞食的和尚。

　　[6]臻臻至至：齐备的意思。

　　[7]称妞：行列整齐的样子。

　　[8]明社：即明王朝。社，这里指社稷，旧时用作国家的代称。

　　[9]上海的旗袍：当时盘踞江浙等地的北洋直系军阀孙传芳认为妇女穿了旗袍，与男子就没有多大区别（那时男子通行穿长袍），是伤风败俗的，因此曾下令禁止。

　　[10]北京的谈国事：当时北京的军阀为了束缚人民的思想，压制人民的反抗，禁止谈论国事，因此饭铺茶馆等处都贴有"莫谈国事"的纸条。

　　[11]"眼学"：语见北齐颜之推《颜氏家训·勉学》："谈说制文，援引古昔，必须眼学，勿信耳受。"

　　[12]"塘报"：即驿报，古代驿站用快马急行传递的公文。浙东一带赛会时，由一个化装的孩子骑马先行，预示赛会队伍即将到来，也叫"塘报"。

　　[13]"高照"：高挂在长竹竿上的通告。"照"就是通告。绍兴赛会中的"高照"长二三丈，用绸缎刺绣而成。

一条很长的旗，一个汗流浃背的胖大汉用两手托着；他高兴的时候，就肯将竿头放在头顶或牙齿上，甚而至于鼻尖。其次是所谓"高跷""抬阁""马头"[14]了；还有扮犯人的，红衣枷锁，内中也有孩子。我那时觉得这些都是有光荣的事业，与闻其事的即全是大有运气的人，——大概羡慕他们的出风头罢。我想，我为什么不生一场重病，使我的母亲也好到庙里去许下一个"扮犯人"的心愿的呢？……然而我到现在终于没有和赛会发生关系过。

要到东关[15]看五猖会去了。这是我儿时所罕逢的一件盛事，因为那会是全县中最盛的会，东关又是离我家很远的地方，出城还有六十多里水路，在那里有两座特别的庙。一是梅姑庙，就是《聊斋志异》[16]所记，室女守节，死后成神，却篡取别人的丈夫的；现在神座上确塑着一对少年男女，眉开眼笑，殊与"礼教"有妨。其一便是五猖庙了，名目

---

　　[14]"高跷"：我国民间游艺的一种，扮饰戏剧中某一角色的人，两脚下各缚五六尺长的木棍，边走边表演。一般多扮演喜剧中的角色。"抬阁"，赛会中常见的一种游艺，一个木制四方形的小阁，里面有两个扮饰戏曲故事中人物的儿童，由成人抬着游行。"马头"，也是赛会中的游艺，扮饰戏曲故事中人物的儿童骑在马上游行。

　　[15]东关：绍兴旧属的一个大集镇，在绍兴城东约六十里，今属绍兴地区上虞市。

　　[16]《聊斋志异》：短篇小说集，通行本为16卷。清代蒲松龄著。梅姑事见于卷14《金姑夫》篇。

就奇特。据有考据癖（pǐ）的人说：这就是五通神[17]。然而也并无确据。神像是五个男人，也不见有什么猖獗（chāng jué，凶恶而放肆）之状；后面列坐着五位太太，却并不"分坐"，远不及北京戏园里界限之谨严。其实呢，这也是殊与"礼教"有妨的，——但他们既然是五猖，便也无法可想，而且自然也就"又作别论"了。

因为东关离城远，大清早大家就起来。昨夜预定好的三道明瓦窗的大船，已经泊在河埠头，船椅、饭菜、茶炊、点心盒子，都在陆续搬下去了。我笑着跳着，催他们要搬得快。忽然，工人的脸色很谨肃了，我知道有些蹊跷，四面一看，父亲就站在我背后。

"去拿你的书来。"他慢慢地说。

这所谓"书"，是指我开蒙时候所读的《鉴略》[18]。因为我再没有第二本了。我们那里上学的岁数是多拣单数的，所以这使我记住我其时是七岁。

我忐忑着，拿了书来了。他使我同坐在堂中央的桌子前，教我一句一句地读下去。我担着心，一句一句地读下去。

两句一行，大约读了二三十行罢，他说：——

---

[17]五通神：旧时南方乡村中供奉的妖邪之神。唐末已有香火，庙号"五通"。据传为兄弟五人，俗称五圣。

[18]《鉴略》：清代王仕云著，是旧时学塾所用的一种初级历史读物，四言韵语，上起盘古，下迄明代弘光。

"给我读熟。背不出，就不准去看会。"

他说完，便站起来，走进房里去了。

我似乎从头上浇了一盆冷水。但是，有什么法子呢？自然是读着，读着，强记着，——而且要背出来。

粤（yuè）自盘古，生于太荒，

首出御世，肇（zhào，开始，初始）开混茫。

就是这样的书，我现在只记得前四句，别的都忘却了；那时所强记的二三十行，自然也一齐忘却在里面了。记得那时听人说，读《鉴略》比读《千字文》[19]《百家姓》[20]有用得多，因为可以知道从古到今的大概。知道从古到今的大概，那当然是很好的，然而我一字也不懂。"粤自盘古"就是"粤自盘古"，读下去，记住它，"粤自盘古"呵！"生于太荒"呵！……

应用的物件已经搬完，家中由忙乱转成静肃了。朝阳照着西墙，天气很清朗。母亲、工人、长妈妈即阿长，都无法营救，只默默地静候着我读熟，而且背出来。在百静中，我似乎头里要伸出许多铁钳，将什么"生于太荒"之流夹住；也听到自己急急诵读的声音发着抖，仿佛深秋的蟋蟀，在夜中鸣叫似的。

---

[19]《千字文》：旧时学塾所用的初级读物。相传是南朝梁代周兴嗣作，用一千个不同的字编成四言韵语。

[20]《百家姓》：旧时学塾所用的识字读本。北宋人作，将姓氏连缀为四言韵语。

他们都等候着；太阳也升得更高了。

我忽然似乎已经很有把握，便即站了起来，拿书走进父亲的书房，一气背将下去，梦似的就背完了。

"不错。去罢。"父亲点着头，说。

大家同时活动起来，脸上都露出笑容，向河埠走去。工人将我高高地抱起，仿佛在祝贺我的成功一般，快步走在最前头。

我却并没有他们那么高兴。开船以后，水路中的风景，盒子里的点心，以及到了东关的五猖会的热闹，对于我似乎都没有什么大意思。

直到现在，别的完全忘却，不留一点痕迹了，只有背诵《鉴略》这一段，却还分明如昨日事。

我至今一想起，还诧异我的父亲何以要在那时候叫我来背书。

五月二十五日

─────── 赏析阅读 ───────

《五猖会》是一篇批判封建教育制度和封建家长制的叙事散文。作者在叙事中，插入精彩的议论，触及时事，抨击北洋军阀及其走狗鼓吹的封建教育和封建礼教，为往事的回忆增加了战斗性。

　　文章的主题思想，通过儿时对迎神赛会的热切向往，以及他正欲到东关看"五猖会"而被背书事弄得毫无情趣这两方面内容表现出来。

　　文章的第一段告诉了读者：在孩子们的心中，如同盼望过年过节一样，殷切期待着迎神赛会的到来，盼来的却是一个"所剩的极其寥寥"的赛会尾巴，无奈，只好寄希望于下一次，"可是结果总是一个'差不多'"。这些不仅表现作者当时的惋惜之情，而且已经近于悲愤了。作者在简练而逼真地描绘了儿时这种热烈向往赛会的心情之后，又引出了《陶庵梦忆》中有关赛会的一段生动记述。作者感慨道："这样的白描的活古人，谁能不动一看的雅兴呢？"

　　然而，当时的赛会，"妇孺们是不许看的"。而所谓"读书人"是"不肯赶去看"。这说明了封建士大夫对这种活动的鄙视和限制。作者突出描绘了一次他"亲见过较盛的赛会"的情况，引起了读者的极大注意。原来，这赛会是"汗流浃背"的表演艺术。这些"下等人"的表演，"上等人"看来是粗俗不堪的。然而正是为上层阶级所瞧不起的迎神赛会，在童年鲁迅看来却是"光荣的事业"。他那种乐于跟"下等人"为伍的性格，却是与以"书香门第"子弟为荣的"士人"不同，这是鲁迅从小接近劳动人民的结果。我们知道，鲁迅从小能够间或和许多农民相亲近，彼此之间建立了深厚的感情。他爱好农民所爱好的民间艺术，乐意参与他们的活动，同时这些民间艺术活动又促使鲁迅的思想感情同农民进一步沟通起来，就成了十分自然的事了。

文章的后一部分写童年鲁迅看五猖会之前的一段经历。紧接前一部分，特别抓住儿童殷殷盼望盛会的迫切心情，点明五猖会"这是我儿时所罕逢的一件盛事"，一下子把"我"置于欢乐的顶峰。你看，这天他多高兴啊！"笑着跳着"，欢欣雀跃，节日的欢情可闻可见。这也难怪，他盼望了多久才盼到这么一天啊！可是，恰恰在"我"兴致正高的时候，父亲出来了，慢慢地说："去拿你的书来。""背不出，就不准去看会。"急转直下，一下子把"我"从欢乐的顶峰推入了失望的渊底。罕逢盛事的欢乐统统化为乌有，"我似乎从头上浇了一盆冷水"。

一切都准备好了，突如其来的"背书"严令，许多人都无法解除，只默默地静候着"我"读熟，而且"背"出来。"我"的急急诵读的发抖声，似乎使读者感到封建家庭教育像一具沉重的桎梏，压得孩子们喘不过气，它唤起人们对封建社会的不满。

虽然鲁迅梦也似的背完了书，父亲允许他去看五猖会了，然而他一点也不高兴，水路中的风景，五猖会的热闹场面，都总觉得淡然了。显而易见，父亲叫他背书的事，留下多少不快，当事情过去了三十多年，作者在写这段回忆文字的时候，"还诧异我的父亲何以要在那时候叫我来背书"。

"何以"问题的提出，是全文的结尾，但含蓄隽永，令人掩卷深思，更增添了对封建教育制度的憎恶。这个问题，虽然没有正面回答，但我们从文章出发，联系鲁迅童年的生活道路来理解，答案是不难找到的。

鲁迅出生在一个从小康到困顿的封建家庭。"学而优则仕""万般皆下品，唯有读书高"，是封建家庭教育的准则。鲁迅的父亲虽不同于禁止"妇孺"去看赛会的封建顽固派，但他也不可能摆脱孔孟之道的束缚。在他看来读书、科举、做官才是人生唯一正确的道路，强制孩子读死书、死读书，那当然是"天经地义"的了。鲁迅七岁起就开始读《鉴略》，长年被关在樊笼似的家庭里，强记、死背"那一字也不懂"的古文，过着一种几乎与外界隔离的"牢笼"生活。这样，怎能不觉得"要枯燥而死了"？家庭以外的各种民间盛会又怎能不叫他心驰神往呢？然而，这一切又跟家庭教育格格不入。所以，他父亲在他兴高采烈的时候，迎头泼了一盆冷水，要他在什么时候也不要忘了"正事""正路"。可是，鲁迅后来终于背叛了封建家庭，走上了一条完全相反的人生道路。因此这"何以"的设问，不只是鲁迅对封建家庭给他安排的人生道路的否定，也是对整个封建教育制度的批判。

在半封建半殖民地的黑暗年代里，鲁迅清晰地看到了"童年的情形，便是将来的命运"（《南腔北调集·上海的儿童》），把孩子们的命运和民族前途联系起来。他在《狂人日记》中发出了"救救孩子"的呼号；"鲁迅对戕贼儿童天真的待遇，受得最深、记得最真，绝对不肯让第二代的孩子再尝到他所受的一切"（许广平）。因此，他一贯爱护儿童，历来反对在教育孩子中的放纵和压迫，主张"完全解放了我们的孩子"（《热风·随感录四十》），"自己背着因袭的重担，肩住了黑暗的闸门，放他们到宽阔光明的地方去。"（《坟·我们现在怎样做父亲》）可是，在那"亲权重，父权更重"的旧中国，孔孟之道的父权思想却集中体现了家庭里面的统治和压迫，儿女们要服从家长的意志，而许多家长就滥用这种权力，严重地束缚、摧残儿童的身心健康发展。因此，鲁迅痛恨"圣人之徒"的伦理纲常，反对"父对于子，有绝对权力和威严"，主张革命也要"革到老子身上"去。我们从文章中可以看出，鲁迅对父亲那种不理解儿童心理、强制背书的做法，是有所保留的。当然，文章所抨击的并不仅仅是个别家长，主要矛头所指是整个封建教育制度和封建家长制。同时说明要解放子女，根本的方法，只有改革社会。作者运用自己的切身经历，比一般的泛论更为有力，更有教育意义。鲁迅曾说："倘有人作一部历史，将中国历来教育儿童的方法，用书，作一个明确的记录"，"则其功德，当不在禹（虽然他也许不过是一条虫）下。"（《准风月谈·我们怎样教育儿童的？》）这《五猖会》不正是作者"用书"记下来关于中国封建家庭教育的"一个明确的记录"吗？！

这篇叙事性散文，虽只写一件事，但这件事写得集中，单纯而又丰富。作者善于运用气氛渲染，铺陈对比的手法，来加强文章的感染力。如文章的第一部分，作者通过多方面的描述，写出了儿时对迎神赛会的向往、期待、失望与不满。这一切描述都为第二部分开头的高兴心情做铺垫。由于以往的屡次失望，自然会对即将到来的盛会充满莫大的期望。正在手舞足蹈、欢呼雀跃的时候，父亲出现在眼前："去拿你的书来"，宛如当头浇了"一盆冷水"。作者正是通过环境气氛的渲染，"我"的情绪的对比，激发人们对孩子的同情和对封建礼教制度的憎恶，进而引起人们对儿童教育的关注。

作品的语言简洁而富于表现力，如文章的第一段结尾一句只有"于是，完了"四个字，一语双关，把所见赛会之冷落和希望得不到满足的失望、惋惜之情，都充分表现出来了。而写到准备去看五猖会时的欢乐情绪时："我笑着跳着，催他们要搬得快"一句，真有画龙点睛之妙。至于题为《五猖会》，所记述的却都是五猖会之前的事情，并没有正面写到五猖会的盛况，这种剪裁体现了作者独到的艺术匠心，有助于主题思想的充分表达。我们已经知道，鲁迅去看五猖会的心情，早被"背书"的事冲得荡然无存，开船以后的一切活动于他已全然无味了。在这种情形下，如果再去津津乐道"水路中的风景，盒子里的点心，以及到了东关的五猖会的热闹"，那就会大大冲淡主题，失去应有的艺术效果。

总之，这篇散文有明确的主题思想，完整的事件，简练而生动的描写，它与鲁迅所有文章一样，达到了高度的政治内容和完美的艺术形式的统一。

无常 [1]

「写作背景」

　　这篇散文写于 1926 年 6 月 23 日，和《二十四孝图》《五猖会》一样，是在"三一八"惨案以后的"流寓中所作"。面对北洋军阀的血腥屠杀，鲁迅曾愤怒地指出："如此残虐险狠的行为，不但在禽兽中所未曾见，便是在人类中也极少有的。"（《华盖集·无花的蔷薇之二》）这次屠杀，"撕去了许多东西的人相，露出那出于意料之外的阴毒的心"（《华盖集·空谈》）。在这次惨案中，"现代评论派"充当了刽（guì）子手帮凶的角色。惨案发生之后，这一伙"人而鬼"的东西，又千方百计为北洋军阀的罪恶勾当

---

［1］本篇最初发表于 1926 年 7 月 10 日《莽原》半月刊第 1 卷第 13 期。

辩护，企图洗掉他们手上的血污。鲁迅在流离辗转的艰险处境中，在不见天日的暗夜里，怀着激愤的心情，写了许多战斗杂文，他又运用散文武器，从过去的生活仓库中，选取材料，联系现实斗争，进行战斗。

迎神赛会这一天出巡的神，如果是掌握生杀之权的，——不，这生杀之权四个字不大妥，凡是神，在中国仿佛都有些随意杀人的权柄似的，倒不如说是职掌人民的生死大事的罢，就如城隍（huáng，没有水的城壕）[2]和东岳大帝[3]之类。那么，他的卤（lǔ）簿[4]中间就另有一群特别的脚色：鬼卒（zú，兵）、鬼王，还有活无常。

这些鬼物们，大概都是由粗人和乡下人扮演的。鬼卒和鬼王是红红绿绿的衣裳，赤着脚；蓝脸，上面又画些鱼鳞，也许是龙鳞或别的什么鳞罢，我不大清楚。鬼卒拿着钢叉，叉环振得琅琅地响，鬼王拿的是一块小小的虎头牌。据传

---

［2］城隍：迷信中主管城池的神。

［3］东岳大帝：道教所奉的泰山神。汉代的纬书《孝经援神契》中说："泰山，天帝之孙也，主召人魂。"《尔雅·释山》称"泰山为东岳"。旧时迷信传说泰山神掌管人的生死。元世祖至元二十八年（1291）尊泰山神为东岳天齐大生仁皇帝，简称东岳大帝。

［4］卤簿：封建时代帝王或大臣外出时的侍从仪仗队。

说，鬼王是只用一只脚走路的；但他究竟是乡下人，虽然脸上已经画上些鱼鳞或者别的什么鳞，却仍然只得用了两只脚走路。所以看客对于他们不很敬畏，也不大留心，除了念佛老妪（yù，老年妇女）和她的孙子们为面面圆到起见，也照例给他们一个"不胜屏营待命之至"[5]的仪节。

至于我们——我相信：我和许多人——所最愿意看的，却在活无常[6]。他不但活泼而诙谐，单是那浑身雪白这一点，在红红绿绿中就有"鹤立鸡群"之概。只要望见一顶白纸的高帽子和他手里的破芭蕉扇的影子，大家就都有些紧张，而且高兴起来了。

人民之于鬼物，惟独与他最为稔（rěn，庄稼成熟；熟悉）熟，也最为亲密，平时也常常可以遇见他。譬如城隍庙或东岳庙中，大殿后面就有一间暗室，叫作"阴司间"，在才可辨色的昏暗中，塑着各种鬼：吊死鬼、跌死鬼、虎伤鬼、科场鬼，……而一进门口所看见的长而白的东西就是他。我虽然也曾瞻仰过一回这"阴司间"，但那时胆子小，没有看明白。听说他一手还拿着铁索，因为他是勾摄生魂的使者。

---

[5]无常：佛家语。原指世间一切事物都在变异灭坏的过程中；后引申为死的意思，也用作迷信传说中"勾魂使者"的名称。

[6]"不胜屏营待命之至"：旧时官府对上级呈文结束处的套语；这里用作肃立敬畏的意思。

相传樊江[7]东岳庙的"阴司间"的构造,本来是极其特别的：门口是一块活板,人一进门,踏着活板的这一端,塑在那一端的他便扑过来,铁索正套在你脖子上。后来吓死了一个人,钉实了,所以在我幼小的时候,这就已不能动。

倘使要看个分明,那么,《玉历钞传》上就画着他的像,不过《玉历钞传》也有繁简不同的本子的,倘是繁本,就一定有。身上穿的是斩衰凶服[8],腰间束的是草绳,脚穿草鞋,项挂纸锭[9];手上是破芭蕉扇、铁索、算盘;肩膀是耸起的,头发却披下来;眉眼的外梢都向下,像一个"八"字。头上一顶长方帽,下大顶小,按比例一算,该有二尺来高罢;在正面,就是遗老遗少们所戴瓜皮小帽的缀一粒珠子或一块宝石的地方,直写着四个字道："一见有喜"。有一种本子上,却写的是"你也来了"。这四个字,是有时也见于包公殿[10]的扁额上的,至于他的帽上是何人所写,他自己还是阎罗王,我可没有研究出。

《玉历钞传》上还有一种和活无常相对的鬼物,装束也相仿,叫作"死有分"。这在迎神时候也有的,但名称却讹

---

[7]樊江：绍兴城东三十里的一个乡镇。

[8]斩衰凶服：封建丧制中规定的重孝丧服,用粗麻布裁制,不缝下边。

[9]纸锭：一种迷信用品,用纸或锡箔折成的元宝。旧俗认为焚化纸锭可供死者在"阴间"使用。

[10]包公殿：供奉宋代包拯(999—1062)的庙宇。旧时迷信传说,包拯死后做了阎罗十殿中第五殿的阎罗王,东岳庙或城隍庙中供有他的神像。

作死无常了，黑脸、黑衣，谁也不爱看。在"阴司间"里也有的，胸口靠着墙壁，阴森森地站着；那才真真是"碰壁"[11]。凡有进去烧香的人们，必须摩一摩他的脊梁，据说可以摆脱了晦气；我小时也曾摩过这脊梁来，然而晦气似乎终于没有脱，——也许那时不摩，现在的晦气还要重罢，这一节也还是没有研究出。

我也没有研究过小乘佛教[12]的经典，但据耳食之谈，则在印度的佛经里，焰摩天[13]是有的，牛首阿旁[14]也有的，都在地狱里做主任。至于勾摄生魂的使者的这无常先生，却似乎于古无征，耳所习闻的只有什么"人生无常"之类的话。大概这意思传到中国之后，人们便将他具象化了。这实在是我们中国人的创作。

然而人们一见他，为什么就都有些紧张，而且高兴起来呢？

凡有一处地方，如果出了文士学者或名流，他将笔头

[11]"碰壁"：在女师大学生反对校长杨荫榆的事件中，有教员阻挠学生，说"你们做事不要碰壁"。作者这里用这个词含有讽刺的意思。参看《华盖集·"碰壁"之后》。

[12]小乘佛教：早期佛教的主要流派，注重修行持戒，自我解脱，自认为是佛教的正统派。

[13]"焰摩天"：佛教传说"欲界诸天"中的一天。佛经中又有"焰摩界"，即所谓轮回六道中的饿鬼道，它的主宰者是琰魔王，也就是阎罗王。这里所说的"焰摩天"，当是地狱的"焰摩界"。

[14]牛首阿旁：佛经所说地狱中的狱卒。东晋昙无兰译《五苦章句经》中说："狱卒名阿傍，牛头人手，两脚牛蹄，力壮排山，持钢铁叉。"

一扭，就很容易变成"模范县"[15]。我的故乡，在汉末虽曾经虞仲翔[16]先生揄扬过，但是那究竟太早了，后来到底免不了产生所谓"绍兴师爷"，不过也并非男女老小全是"绍兴师爷"[17]，别的"下等人"也不少。这些"下等人"，要他们发什么"我们现在走的是一条狭窄险阻的小路，左面是一个广漠无际的泥潭，右面也是一片广漠无际的浮砂，前面是遥遥茫茫荫在薄雾的里面的目的地"[18]那样热昏似的妙语，是办不到的，可是在无意中，看得住这"荫在薄雾的里面的目的地"的道路很明白：求婚，结婚，养孩子，死亡。但这自然是专就我的故乡而言，若是"模范县"里的人民，那当然又作别论。他们——敝同乡"下等人"——的许多，活着，苦着，被流言，被反噬，因了积久的经验，

---

[15]"模范县"：这里是对陈西滢的讽刺。陈是无锡人，他在《现代评论》第 2 卷第 37 期（1925 年 8 月 22 日）《闲话》中曾说"无锡是中国的模范县"。

[16]虞仲翔（164—233）：名翻，三国吴会稽余姚（在今浙江）人。经学家。他揄（yú，赞扬，称赞）扬绍兴的话，见《三国志·吴书·虞翻传》注引虞预《会稽典录》："夫会稽上应牵牛之宿，下当少阳之位，东渐巨海，西通五湖，南畅无垠，北渚浙江。南山攸居，实为州镇，昔禹会群臣，因以命之。山有金木鸟兽之殷，水有鱼盐珠蚌之饶。海岳精液，善生俊异，是以忠臣继踵，孝子连间，下及贤女，靡不育焉。"

[17]"绍兴师爷"：清代官署中承办刑事判牍的幕僚叫"刑名师爷"。一般善于舞文弄法，往往能左右人的祸福；当时绍兴籍的幕僚较多，因有"绍兴师爷"之称。陈西滢在 1926 年 1 月 30 日《晨报副刊》上发表的《致志摩》信中曾诬蔑作者"有他们贵乡绍兴的刑名师爷的脾气"。

[18]这几句话都出自陈西滢的《致志摩》。

知道阳间维持"公理"的只有一个会[19]，而且这会的本身就是"遥遥茫茫"，于是乎势不得不发生对于阴间的神往。人是大抵自以为衔些冤抑的；活的"正人君子"们只能骗鸟[20]，若问愚民，他就可以不假思索地回答你：公正的裁判是在阴间！想到生的乐趣，生固然可以留恋；但想到生的苦趣，无常也不一定是恶客。无论贵贱，无论贫富，其时都是"一双空手见阎王"[21]，有冤的得伸，有罪的就得罚。然而虽说是"下等人"，也何尝没有反省？自己做了一世人，又怎么样呢？未曾"跳到半天空"么？没有"放冷箭"[22]么？无常的手里就拿着大算盘，你摆尽臭架子也无益。对付别人要滴水不羼（chàn，混杂）的公理，对自己总还不如虽在阴司里也还能够寻到一点私情。然而那又究竟是阴间，阎罗天子[23]、牛首阿旁，还有中国人自己想出来的马面[24]，都是并不兼差，真正主持公理的脚色，虽然他们并没有在报上发表过什么大文章。当还未做鬼之前，有时先

---

[19]一个会：指1925年12月陈西滢等为压迫北京女师大学生和教育界进步人士而组织的"教育界公理维持会"。参看《华盖集·"公理"的把戏》。

[20]鸟：男子生殖器的俗称，常见于元明的戏曲、平话中。

[21]"一双空手见阎王"：语见《何典》："卖嘴郎中无好药，一双空手见阎王。"

[22]"放冷箭"：这也是陈西滢在《致志摩》中攻击作者的话："他没有一篇文章里不放几支冷箭。"

[23]阎罗天子：即阎罗王，小乘佛教中所称的地狱主宰。《法苑珠林》卷12中说："阎罗王者，昔为毗沙国王，经与维陀如生王共战，兵力不敌，因立誓愿为地狱主。"

[24]马面：迷信传说地狱中人身马头的狱卒。

不欺心的人们，遥想着将来，就又不能不想在整块的公理中，来寻一点情面的末屑，这时候，我们的活无常先生便见得可亲爱了，利中取大，害中取小，我们的古哲墨翟（dí）先生谓之"小取"云。

在庙里泥塑的，在书上墨印的模样上，是看不出他那可爱来的。最好是去看戏。但看普通的戏也不行，必须看"大戏"或者"目连戏"[25]。目连戏的热闹，张岱[26]在《陶庵梦忆》上也曾夸张过，说是要连演两三天。在我幼小时候可已经不然了，也如大戏一样，始于黄昏，到次日的天明便完结。这都是敬神禳（ráng，一种祈祷消除灾殃、去邪除恶的祭祀；去除）灾的演剧，全本里一定有一个恶人，次日的将近天明便是这恶人的收场的时候，"恶贯满盈"，阎王出票来勾摄了，于是乎这活的活无常便在戏台上出现。

我还记得自己坐在这一种戏台下的船上的情形，看客的心情和普通是两样的。平常愈夜深愈懒散，这时却愈起

---

[25]"大戏"或者"目连戏"都是绍兴的地方戏。清代范寅《越谚》卷中说："班子：唱戏成齼（班）者，有文班、武班之别。文专唱和，名高调班；武演战斗，名乱弹班。"又说："万（按此处读'木'）莲班：此专唱万莲一出戏者，百姓为之。"高调班和乱弹班就是大戏；万莲班就是目连戏。据《盂兰盆经》：目连是佛的大弟子，有大神通，尝入地狱救母。唐代已有《大目乾连冥间救母变文》，以后各种戏曲中多有目连戏。参看《且介亭杂文末编·女吊》第五段。

[26]张岱（1597－约1689）：字宗子，号陶庵，浙江山阴（今绍兴）人。明末文学家。他在《陶庵梦忆·目连戏》中记载当时的演出情况说："选徽州旌阳戏子，剽轻精悍，能相扑打得三四十人，搬演《目连》，凡三日三夜。"

劲。他所戴的纸糊的高帽子，本来是挂在台角上的，这时预先拿进去了；一种特别乐器，也准备使劲地吹。这乐器好像喇叭，细而长，可有七八尺，大约是鬼物所爱听的罢，和鬼无关的时候就不用；吹起来，Nhatu, nhatu, nhatututuu 地响，所以我们叫它"目连嗐头"[27]。

在许多人期待着恶人的没落的凝望中，他出来了，服饰比画上还简单，不拿铁索，也不带算盘，就是雪白的一条莽汉，粉面朱唇，眉黑如漆，蹙（cù，蹙眉：皱眉）着，不知道是在笑还是在哭。但他一出台就须打一百零八个嚏，同时也放一百零八个屁，这才自述他的履历。可惜我记不清楚了，其中有一段大概是这样：

"…………

大王出了牌票，叫我去拿隔壁的癞子。

问了起来呢，原来是我堂房的阿侄。

生的是什么病？伤寒，还带痢疾。

看的是什么郎中？下方桥的陈念义 la 儿子。

开的是怎样的药方？附子、肉桂，外加牛膝。

第一煎吃下去，冷汗发出；

第二煎吃下去，两脚笔直。

---

　　[27]"目连嗐头"：嗐头，绍兴方言，即号筒。范寅《越谚》卷中说是"铜制，长四尺"。"目连嗐头"是一种特别加长的号筒。据《越谚》卷中说："道场及召鬼戏皆用，万莲戏为多，故名。"

我道 nga 阿嫂哭得悲伤，暂放他还阳半刻。

大王道我是得钱买放，就将我捆打四十！"

这叙述里的"子"字都读作入声。陈念义[28] 是越中的名医，俞仲华[29] 曾将他写入《荡寇志》里，拟为神仙；可是一到他的令郎，似乎便不大高明了。la 者"的"也；"儿"读若"倪"，倒是古音罢；nga 者，"我的"或"我们的"之意也。

他口里的阎罗天子仿佛也不大高明，竟会误解他的人格，——不，鬼格。但连"还阳半刻"都知道，究竟还不失其"聪明正直之谓神"[30]。不过这惩罚，却给了我们的活无常以不可磨灭的冤苦的印象，一提起，就使他更加蹙紧双眉，捏定破芭蕉扇，脸向着地，鸭子浮水似的跳舞起来。

Nhatu, nhatu, nhatu－nhatu－nhatututuu！目连嗐头也冤苦不堪似的吹着。他因此决定了：——

"难是弗放者个！

那怕你，铜墙铁壁！

那怕你，皇亲国戚！

————————

［28］陈念义：清代嘉庆道光年间绍兴的名医，即叶腾骧《证谛山人杂志》卷 5 中所记的陈念二："陈念二者，山阴下方桥人，偶忘其名字，世业医，称为妙手，远近就医者不绝。"

［29］俞仲华（1794—1849）名万春，浙江绍兴人。他著的《荡寇志》一名《结水浒传》，共七十回（又结子一回），写梁山泊头领全部破宋王朝剿灭。

［30］"聪明正直之谓神"：语见《左传》庄公三十二年。

…… ……"

"难"者，"今"也；"者个"者，"的了"之意，词之决也。"虽有忮心，不怨飘瓦"[31]，他现在毫不留情了，然而这是受了阎罗老子的督责之故，不得已也。一切鬼众中，就是他有点人情；我们不变鬼则已，如果要变鬼，自然就只有他可以比较的相亲近。

我至今还确凿记得，在故乡的时候，和"下等人"一同，常常这样高兴地正视过这鬼而人，理而情，可怖而可爱的无常；而且欣赏他脸上的哭或笑，口头的硬语与谐谈……。

迎神时候的无常，可和演剧上的又有些不同了。他只有动作，没有言语，跟定了一个捧着一盘饭菜的小丑似的脚色走，他要去吃；他却不给他。另外还加添了两名脚色，就是"正人君子"[32]之所谓"老婆儿女"[33]。凡"下等人"，都有一种通病：常喜欢以己之所欲，施之于人。虽是对于鬼，也不肯给他孤寂，凡有鬼神，大概总要给他们一对一地

---

[31]"虽有忮心，不怨飘瓦"语出《庄子·达生》："虽有忮心者，不怨飘瓦。"用在这里的意思是说，心里虽有愤恨，却也不好怨谁了。

[32]"正人君子"：这里的"正人君子"和下文的"教授先生"，指当时现代评论派中的某些人。

[33]"老婆儿女"：陈西滢在《现代评论》第3卷第74期（1926年5月8日）的《闲话》中说："家累日重，需要日多，才智之士，也没法可想，何况一般普通人。因此，依附军阀和依附洋人便成了许多人唯一的路径，就是有些志士，也常常未能免俗。……他们自己可以挨饿，老婆子女却不能不吃饭啊！就是那些直接或间接用苏俄金钱的人，也何尝不是如此。"

配起来。无常也不在例外。所以，一个是漂亮的女人，只是很有些村妇样，大家都称她无常嫂；这样看来，无常是和我们平辈的，无怪他不摆教授先生的架子。一个是小孩子，小高帽，小白衣；虽然小，两肩却已经耸起了，眉目的外梢也向下。这分明是无常少爷了，大家却叫他阿领[34]，对于他似乎都不很表敬意；猜起来，仿佛是无常嫂的前夫之子似的。但不知何以相貌又和无常有这么像？吁！鬼神之事，难言之矣，只得姑且置之弗论。至于无常何以没有亲儿女，到今年可很容易解释了；鬼神能前知，他怕儿女一多，爱说闲话的就要旁敲侧击地锻成他拿卢布，所以不但研究，还早已实行了"节育"了。

这捧着饭菜的一幕，就是"送无常"。因为他是勾魂使者，所以民间凡有一个人死掉之后，就得用酒饭恭送他。至于不给他吃，那是赛会时候的开玩笑，实际上并不然。但是，和无常开玩笑，是大家都有此意的，因为他爽直，爱发议论，有人情，——要寻真实的朋友，倒还是他妥当。

有人说，他是生人走阴，就是原是人，梦中却入冥去当差的，所以很有些人情。我还记得住在离我家不远的小屋子里的一个男人，便自称是"走无常"，门外常常燃着香烛。但我看他脸上的鬼气反而多。莫非入冥做了鬼，倒会

---

[34]阿领：妇女再嫁时领（带）来的同前夫所生的孩子。

增加人气的么？吁！鬼神之事，难言之矣，这也只得姑且置之弗论了。

六月二十三日

赏析阅读

"无常"的形象在这本集子中，可以算得上最有生趣的一个。只要你掩卷细思，那"无常"的形象便活现在你面前。这个形象，蕴含着深刻的思想内容，具有很强的战斗性。

这篇散文以活泼酣畅的笔调，用拟人的手法，从各个侧面描绘了"活泼而诙谐""鬼而人，理而情，可怖而可爱的无常"的形象。这个形象，是作为对反动统治者的审判者出现在读者面前，表现了"下等人"惩恶除暴的愿望。

鲁迅笔下的"无常"，是劳动人民心目中的"无常"，他和封建地主阶级塑造的鬼神，根本不同。鲁迅以朴素的阶级观点，观察和分析了各种各样的"无常"，通过细致的比较，生动活泼地刻画出"无常"的形象。鲁迅首先从迎神赛会出现的鬼神写起，着重点出活无常同统治者所塑造的神和鬼卒、鬼王大不相同。因为"凡是神，在中国仿佛都有些随意杀人的权柄似的"。他"职掌人民的生死大事"。这里的"神"，显然是反动统治者的写照；说他们"随意杀人"，是对他们血腥统治的抨击。至于那些鬼卒、鬼王们，尽管穿得"红红绿绿"，"赤着脚，脸上涂了蓝又画些鱼鳞"，但人民"对于他们不很敬畏，也不大留心"。然而，在一切鬼众中，人民"所最愿意看的"是"无常"。他不但有"活泼而诙谐"的性格，连装束都与众不同，作者用"鹤立鸡群"四字突出了"无常"的形象。

作者又通过庙里的"无常"塑像和《玉历钞传》上的"无常"画像，说明庙里的"无常"，是被封建统治阶级用来吓死人的鬼物，不为人们所喜欢。而对《玉历钞传》中的"无常"，则作了详尽的描绘，特别说明这是人民"最为稔熟""最为亲密"的唯一的"鬼物"，而且是中国人造出来的特殊形象。

鲁迅在描述"无常"的形象中，贯穿着"上等人"和"下等人"根本对立的朴素阶级观点。文中他顺带批判"现代评论派"陈西滢自吹他家乡是"模范县"，而鲁迅的故乡绍兴产生"绍兴师爷"之地的谬说。鲁迅指出他的故乡并非全是"师爷"，别的"下等人"也不少。这个观点和文章开头把"神鬼的世界"，分为掌握大权的"神"、鬼王、鬼卒同无常等，是完全一致的。从这个观点出发，进一步说明"下等人"见了"无常"为什么"紧张而且高兴"的原因。

正由于鲁迅所描绘的"无常"，是劳动人民心目中的"无常"，是劳动人民按照自己的愿望塑造出来的，因此必然在这个形象里，体现了劳动人民的思想感情、情趣和气质。鲁迅说：劳动人民"以己之所欲，施之于人"，他们把自己的理想、愿望加在

"无常"身上，连那服装、打扮，都无一不是"下等人"的设计。鲁迅在本书的《后记》中曾认定其他版本的"无常"画像难以令人心服，如"花袍、纱帽，背后插刀"的画像，大概就因为这是"上等人"之所作。而"下等人"则不同，他们所创造的"无常"，从外表到心灵，都注入了自己的思想意识。如在民间的戏剧舞台上，万莲戏中"无常"的活泼而有趣的表演，充分表现出这个鬼物的可爱性格。随着"无常"形象塑造的过程，通过他和黑暗现实的分明对比，作者抨击了不合理的现实，痛斥那些不如"鬼物"的反动统治者及其帮凶，点明了他们必定受到人民审判的主题。

鲁迅细致的笔触，勾画出舞台上的"无常"的生动形象。他写了"无常"出场时的异乎寻常的气氛，"无常"的表情、动作；写了他的出场，是在许多人期待着恶人的没落的凝望中。特别是那一段自叙履历的场白尤为精彩。这段场白生动地表现出"无常"的性格特征。说的是有一次阎罗王叫他去拿隔壁的癞子，他到了那里，看"阿嫂哭得悲伤"。原来癞子是被庸医误死的，引起"无常"的怜悯。他就用自己仅有的那点权力，"暂放他还阳半刻"。这看出他心地的善良，他对那些冤死者的同情。不料却被阎罗责罚，从此再不宽纵了。他决定："难是弗放者个！那怕你，铜墙铁壁！那怕你，皇亲国戚！"鲁迅后来在《门外文谈》中对此作了充分肯定，说他"何等有人情，又何等知过，何等守法，又何等果决，我们的文学家做得出来么？"无常的形象体现了劳动人民淳朴的性格和刚直不阿的品质。

作品里还写了"下等人"喜爱"无常"的爽直性格,他们跟"无常"很相契,在迎神赛会时,还要跟"无常"开玩笑,给他配上老婆孩子。这都说明劳动人民按照自己生活实际来塑造"无常"的。鲁迅通过对"无常"形象的生动、全面的描述,带有结论性地说:"因为他爽直,爱发议论,有人情,——要寻真实的朋友,倒还是他妥当。"鲁迅强调了"无常"形象的惩恶除暴、赏罚分明、爽直而有人情的特征。凡有所爱,就有所恨,"无常"既是"下等人"的朋友,对"下等人"的疾苦满怀同情,他也就是"上等人"的对头。作者一反统治阶级的善恶观,以鲜明的革命立场和原则,对劳动人民中蕴藏的革命力量、他们的是非观念,予以热切的肯定。

在鬼神世界中,还有一种和"无常"相对的鬼物,叫做"死有分"。他"黑脸、黑衣,谁也不爱看",而且据说烧香的人们,必须摩一摩他的脊梁,才可以摆脱晦气。但"无常"则不同,他不夸海口,给人们以实际的同情,博得人们的喜爱。

劳动人民为什么要塑造"无常"这个形象呢?劳动人民在旧社会没有言论自由,他们只能通过各种形式曲折地表达自己的愿望。民间的迎神赛会,"虽说是祷祈,同时也等于娱乐",大多是劳动人民的活动,所以他们就把自己长期以来"活着,苦着,被流言,被反噬"积累下的许多痛苦的经验教训,倾注在他们扮演的"无常"身上。劳动人民深知,反动统治所标榜的"公理""正义"统统是骗人的东西。他们以想象中的所谓"阴间"来批判、否定"阳间"——剥削阶级统治的社会现实。他们希望阴间的勾魂使者"无常",给恶人以应得的报应。他们愤怒地说:"公正的裁判是在阴间"。有谁要想有真正公平的裁判的时候,鲁迅说:"我们的活无常先生便见得可亲爱了。"因此,本文所描述的那个"鬼神的世界",只能从现实社会的阶级对立来说明。马克思曾经对宗教作了精辟的论述:"世俗的基础使自己和自己本身分离,并使自己转入云霄,成为一个独立王国,这一事实,只能用这个世俗基础的自我分裂和自我矛盾来说明。"(《关于费尔巴哈的提纲》)这里所说的"分裂"与"矛盾",即是说社会发展到一定阶段,分裂为剥削阶级与被剥削阶级,统治者与被统治者,产生了阶级矛盾与阶级斗争。我们只有运用马克思主义阶级与阶级分析的观点来分析本文,才能更深刻地了解它的思想意义。

鲁迅面对北洋军阀的残酷统治,采用了多样的战斗方法,借鬼物的形象来表达自己的思想,抨击现实,也是一种斗争艺术。本文通过"无常"表达了人民对反动统治者及其走狗的憎恨。任你"公理"满天飞,任你喃喃发妙语,在他面前都没有用。不管你气焰多嚣张,势力多大,都要得到无情的清算!这不正是"下等人"要惩罚恶者的决心和疾恶如仇精神的寄托吗?

鲁迅在晚年和混在革命阵营"蛀虫"的斗争中,通过评介绍兴戏剧舞台上创造的"一个带复仇性的""女吊",无情批判了所谓"犯而勿校""勿念旧恶"等"中庸之道"，和他们进行了针锋相对的斗争。我们读"无常"时，可以和《女吊》联系起来读。

在篇幅很短的散文里，能如此细致而生动地刻画出战斗性很强的艺术形象，是需要厚实的生活基础和高超的艺术技巧的。鲁迅以童年所见所闻，吸收民间文学艺术的精华，用浓墨重笔塑造出"无常"形象，收到很好的艺术效果。鲁迅写舞台上的"无常"出场时，通过描绘"特别乐器"的吹奏、人们的期待心情以及无常的表情动作，大段的唱词，并在唱词中保留了方言土语，增加了"无常"的生动性、形象性，带有明显的地方特色，表明了这是民间的创作。这里值得提起的是，鲁迅对我国群众文艺，历来评价很高。他在《门外文谈》中说："大众并无旧文学的修养，比起士大夫文学的细致来，或者会显得所谓'低落'的，但也未染旧文学的痼疾，所以它又刚健，清新。"

当然，今天我们所处的时代，和劳动人民塑造"无常"形象以及鲁迅写这篇散文的时代，完全不同了。"无常"是旧时代的产物。鲁迅处在北洋军阀统治的暗无天日的时代，以"无常"形象影射现实是有意义的。我们只有了解当时的时代背景，才能更好理解鲁迅的这篇散文，学习鲁迅的战斗的革命的精神。

从百草园到三味书屋 [1]

「 写作背景 」

    鲁迅的回忆，是为了抨击现实。他回忆这段童年的私塾生活，和写作时的现实有密切的联系。这篇散文写于 1926 年 9 月 18 日。这是作者"被挤出集团之后"，"在厦门大学的图书馆的楼上"写的。

    1926 年 9 月，鲁迅在北伐战争的大好形势下，由北京到厦门。鲁迅虽然"逃掉了五色旗下的'铁窗斧钺（yuè，古代兵器，青铜制，像斧，比斧大，圆刃可砍劈，中国商及西周盛行）风味'"(《而已集·通讯》)，但到了厦门，"现代评论派"之流对鲁迅的攻击排挤正不下于北京。尽管环境十分恶劣，鲁

---

[1]本篇最初发表于 1926 年 10 月 10 日《莽原》半月刊第 1 卷第 19 期。

迅却丝毫没有松懈自己的战斗意志，一刻也没有停止过战斗。当时，反动军阀政府通令全国恢复祀孔祭礼，学校普遍读经，一些封建遗老遗少及反动文人刮起了阵阵"尊孔""崇儒""专经""复古"的妖风。厦大也一样乌烟瘴气。厦大校长是个开口闭口不离孔子的孔孟之徒。厦大的尊孔派和"现代评论派"互相勾结，他们要青年学生多看古书，多写古文。学校办的刊物上也尽是用古文写的文章。面对复古尊孔逆流，鲁迅奋笔写下了这篇富有战斗性的回忆散文，对社会上的复古势力给予当头一棒！

　　我家的后面有一个很大的园，相传叫作百草园。现在是早已并屋子一起卖给朱文公[2]的子孙了，连那最末次的相见也已经隔了七八年，其中似乎确凿只有一些野草；但那时却是我的乐园。

　　不必说碧绿的菜畦，光滑的石井栏，高大的皂荚树，紫红的桑椹；也不必说鸣蝉在树叶里长吟，肥胖的黄蜂伏在菜花上，轻捷的叫天子（云雀）忽然从草间直窜向云霄里去了。单是周围的短短的泥墙根一带，就有无限趣味。

---

　　[2] 朱文公：朱熹。"文"是宋王朝给他的谥号。作者绍兴的老屋于1919年卖给一个姓朱的人，所以这里戏称为"卖给朱文公的子孙"。

油蛉在这里低唱，蟋蟀们在这里弹琴。翻开断砖来，有时会遇见蜈蚣；还有斑蝥（máo，斑蝥，一种有毒的虫），倘若用手指按住它的脊梁，便会拍的一声，从后窍喷出一阵烟雾。何首乌藤和木莲藤缠络着，木莲有莲房一般的果实，何首乌有拥肿的根。有人说，何首乌根是有像人形的，吃了便可以成仙，我于是常常拔它起来，牵连不断地拔起来，也曾因此弄坏了泥墙，却从来没有见过有一块根像人样。如果不怕刺，还可以摘到覆盆子，像小珊瑚珠攒成的小球，又酸又甜，色味都比桑椹要好得远。

长的草里是不去的，因为相传这园里有一条很大的赤练蛇。

长妈妈曾经讲给我一个故事听：先前，有一个读书人住在古庙里用功，晚间，在院子里纳凉的时候，突然听到有人在叫他。答应着，四面看时，却见一个美女的脸露在墙头上，向他一笑，隐去了。他很高兴；但竟给那走来夜谈的老和尚识破了机关。说他脸上有些妖气，一定遇见"美女蛇"了；这是人首蛇身的怪物，能唤人名，倘一答应，夜间便要来吃这人的肉的。他自然吓得要死，而那老和尚却道无妨，给他一个小盒子，说只要放在枕边，便可高枕而卧。他虽然照样办，却总是睡不着，——当然睡不着的。到半夜，果然来了，沙沙沙！门外像是风雨声。他正抖作一团时，却听得豁的一声，一道金光从枕边飞出，外面便什么声音也没有了，那金光也就飞回来，敛在盒子里。后来呢？后来，老和尚说，这是飞蜈蚣，它能吸蛇的脑髓，美女蛇就被它治死了。

结末的教训是：所以倘有陌生的声音叫你的名字，你万不可答应他。

这故事很使我觉得做人之险，夏夜乘凉，往往有些担心，不敢去看墙上，而且极想得到一盒老和尚那样的飞蜈蚣。走到百草园的草丛旁边时，也常常这样想。但直到现在，总还是没有得到，但也没有遇见过赤练蛇和美女蛇。叫我名字的陌生声音自然是常有的，然而都不是美女蛇。

冬天的百草园比较的无味；雪一下，可就两样了。拍雪人（将自己的全形印在雪上）和塑雪罗汉需要人们鉴赏，这是荒园，人迹罕至，所以不相宜，只好来捕鸟。薄薄的雪，是不行的；总须积雪盖了地面一两天，鸟雀们久已无处觅食的时候才好。扫开一块雪，露出地面，用一支短棒支起一面大的竹筛来，下面撒些秕（bǐ，不饱满的谷粒）谷，棒上系一条长绳，人远远地牵着，看鸟雀下来啄食，走到竹筛底下的时候，将绳子一拉，便罩住了。但所得的是麻雀居多，也有白颊的"张飞鸟"[3]，性子很躁，养不过夜的。

---

[3]"张飞鸟"：鹡鸰。头部圆而黑，前额纯白，形似舞台上张飞的脸谱，所以浙东有的地方叫它"张飞鸟"。

这是闰土的父亲所传授的方法，我却不大能用。明明见它们进去了，拉了绳，跑去一看，却什么都没有，费了半天力，捉住的不过三四只。闰土[4]的父亲是小半天便能捕获几十只，装在叉袋[5]里叫着撞着的。我曾经问他得失的缘由，他只静静地笑道：你太性急，来不及等它走到中间去。

我不知道为什么家里的人要将我送进书塾里去了，而且还是全城中称为最严厉的书塾。也许是因为拔何首乌毁了泥墙罢，也许是因为将砖头抛到间壁的梁家去了罢，也许是因为站在石井栏上跳下来罢，……都无从知道。总而言之：我将不能常到百草园了。Ade[6]，我的蟋蟀们！Ade，我的覆盆子们和木莲们！

出门向东，不上半里，走过一道石桥，便是我的先生[7]的家了。从一扇黑油的竹门进去，第三间是书房。中间挂着一块扁道：三味书屋[8]；扁下面是一幅画，画着一只很肥大的梅花鹿伏在古树下。没有孔子牌位，我们便对着

---

[4]闰土：作者小说《故乡》中的人物。原型为章运水，绍兴道墟乡杜浦村（今属上虞市）人。他的父亲名福庆，是个农民，兼作竹匠，常在作者家做短工。

[5]叉袋：袋口成叉角的麻袋或布袋。

[6]Ade：德语，再见的意思。

[7]我的先生：指寿怀鉴（1849—1929），字镜吾，是个秀才。

[8]三味书屋：在绍兴作者故居附近，它和百草园现在都是绍兴鲁迅纪念馆的一部分。

那扁和鹿行礼。第一次算是拜孔子，第二次算是拜先生。

第二次行礼时，先生便和蔼地在一旁答礼。他是一个高而瘦的老人，须发都花白了，还戴着大眼镜。我对他很恭敬，因为我早听到，他是本城中极方正，质朴，博学的人。

不知从那里听来的，东方朔[9]也很渊博，他认识一种虫，名曰"怪哉"[10]，冤气所化，用酒一浇，就消释了。我很想详细地知道这故事，但阿长是不知道的，因为她毕竟不渊博。现在得到机会了，可以问先生。

"先生，'怪哉'这虫，是怎么一回事？……"我上了生书，将要退下来的时候，赶忙问。

"不知道！"他似乎很不高兴，脸上还有怒色了。

我才知道做学生是不应该问这些事的，只要读书，因为他是渊博的宿儒，决不至于不知道，所谓不知道者，乃是不愿意说。年纪比我大的人，往往如此，我遇见过好几回了。

————————————

[9]东方朔（公元前 154—前 93）：字曼倩，平原厌次（今山东惠民）人。西汉文学家，汉武帝的侍臣。善讽谏，喜诙谐。关于他的传说很多。《史记·滑稽列传》附传中说他"好古传书，爱经术，多所博观外家之语"。

[10]"怪哉"：传说中的一种怪虫。据《古小说钩沉·小说》："武帝幸甘泉宫，驰道中，有虫赤色，头目牙齿耳鼻尽具，观者莫识。帝乃使朔视之，还对曰：'此"怪哉"也。昔秦时拘系无辜，众庶愁怨，咸仰首叹曰："怪哉怪哉！"盖感动上天愤所生也，故名"怪哉"。此地必秦之狱处。'即按地图，果秦故狱。又问："何以去虫？'朔曰：'凡忧者得酒而解，以酒灌之当消。'于是使人取虫置酒中，须臾果糜散矣。"

我就只读书，正午习字，晚上对课[11]。先生最初这几天对我很严厉，后来却好起来了，不过给我读的书渐渐加多，对课也渐渐地加上字去，从三言到五言，终于到七言。

三味书屋后面也有一个园，虽然小，但在那里也可以爬上花坛去折腊梅花，在地上或桂花树上寻蝉蜕。最好的工作是捉了苍蝇喂蚂蚁，静悄悄地没有声音。然而同窗们到园里的太多，太久，可就不行了，先生在书房里便大叫起来：——

"人都到那里去了？"

人们便一个一个陆续走回去；一同回去，也不行的。他有一条戒尺，但是不常用，也有罚跪的规矩，但也不常用，普通总不过瞪几眼，大声道：

"读书！"

于是大家放开喉咙读一阵书，真是人声鼎沸。有念"仁远乎哉我欲仁斯仁至矣"的，有念"笑人齿缺曰狗窦大开"的，有念"上九潜龙勿用"的，有念"厥土下上上错厥贡苞茅橘柚"的[12]……先生自己也念书。后来，我们的声音便低下去，静下去了，只有他还大声朗读着：——

---

[11]对课：旧时学塾教学生练习对仗的一种功课，用虚实相同、平仄相反的字相对，如"桃红"对"柳绿"之类。

[12]这些都是旧时学塾读物中的句子。"仁远乎哉？我欲仁，斯仁至矣。"见《论语·述而》。"笑人齿缺，曰狗窦大开。"见《幼学琼林·身体》。"上九，潜龙勿用。"见《周易·乾》，原作"初九，潜龙勿用"。"厥土下上上错厥贡苞茅橘柚"，这是学生读《尚书·禹贡》时念错的句子；原作"厥田惟下下，厥赋下上上错……厥包橘柚锡贡"。

　　"铁如意，指挥倜傥，一座皆惊呢～～；金叵罗，颠倒淋漓噫，千杯未醉嗬～～……"[13]

　　我疑心这是极好的文章，因为读到这里，他总是微笑起来，而且将头仰起，摇着，向后面拗过去，拗过去。

　　先生读书入神的时候，于我们是很相宜的。有几个便用纸糊的盔甲套在指甲上做戏。我是画画儿，用一种叫作"荆川纸"的，蒙在小说的绣像[14]上一个个描下来，像习字时候的影写一样。读的书多起来，画的画也多起来；书没有读成，画的成绩却不少了，最成片段的是《荡寇志》和《西游记》的绣像，都有一大本。后来，因为要钱用，卖给一个有钱的同窗了。他的父亲是开锡箔店的；听说现在自己已经做了店主，而且快要升到绅士的地位了。这东西早已没有了罢。

九月十八日

---

　　[13]这是清末刘翰作《李克用置酒三垂岗赋》中的句子。原文作："玉如意指挥倜傥，一座皆惊；金叵罗倾倒淋漓，千杯未醉。"刘翰，江阴南菁书院学生，这篇赋是颂扬五代后唐李克用父子的。见王先谦编的《清嘉集初稿》卷5。
　　[14]绣像：明清以来附在通俗小说卷首的书中人物白描画像。

赏析阅读

文章正如题目所表明的，写的是鲁迅小时从"百草园"到"三味书屋"的一段难忘的生活，这也是鲁迅从家庭走到社会的第一步。作者以轻快、隽永的笔触，细致生动地描写了生趣盎然的百草园和枯燥无味的三味书屋。通过这两个截然不同的生活环境的鲜明对照，批判了束缚儿童身心健康发展的封建教育制度，批判封建思想对学生的毒害。这一篇可以说是《五猖会》的姊妹篇。《五猖会》着重批判封建家庭教育，这一篇着力抨击封建的社会教育制度，它们从不同的侧面批判了旧社会的教育制度。

文章的前面简单地介绍了百草园。它只是一个荒园，那里并不是供人游览的后花园，看不到什么亭台楼阁。但对于深受封建教育束缚，无法接触大自然，同社会实际隔离的童年鲁迅来说，百草园曾经给了他多少乐趣，给他留下多少美好的印象啊！以至于几十年之后，当作者从记忆里抄出了这一段难忘的生活时，还不能自抑地将全部的激情凝聚于笔端，无限神往地写道：百草园"那时却是我的乐园"。

百草园实实在在不过是一个十来户人家共有的普普通通的"菜园"。夏天，有时草长得三四尺高。但在鲁迅当时的心目中却成了如此广阔的世界，美丽的"乐园"，只要有在园里玩耍的机会，就感到无比的快乐。这就不能不令人感叹作者儿时生活的枯燥以及封建家庭对他管束之严了。你看，在百草园里，少年鲁迅怀着多大的好奇心用手指按住斑蝥的脊梁，让它"拍的一声"从"后窍"喷出烟雾来；或者不断地去拔起何首乌根，那么专注地探究着，似乎要看出个究竟。在这里，作者不仅细致地描绘了百草园不同季节的自然景物、花鸟草虫，并且生动地反映了童年鲁迅的强烈求知欲望。随后作者又从荒园引出长妈妈讲的美女蛇的故事。鲁迅说："这故事很使我觉得做人之险"。"美女蛇"不正是那些专会装扮善良面孔去骗人、害人的两面派的写照吗？

通过百草园的描述，还体现了劳动人民对童年鲁迅的良好影响。从小与劳动人民接近以及接受劳动人民思想熏陶，深深地启迪了鲁迅幼小的心灵。如闰土父亲传授的捕鸟办法，使鲁迅接触到一种同关在书屋里死背硬啃难懂的古书完全不同的生活。长妈妈、闰土父亲这些鲁迅童年所接触的善良、朴实的劳动人民，都成了鲁迅最好的老师，而且也正是他们使少年的鲁迅知道一些初步的社会知识。

当然，作者对百草园的介绍和描述，主要还是起了跟三味书屋强烈对比的作用。他告诉读者：百草园是"荒园"，然而是他童年的乐园；而"三味书屋"却是十分乏味、枯燥、烦闷的狭小"天地"。作者的描述激起了人们对封建教育的憎恨以及蒙受摧残的少年儿童的无限同情。

鲁迅揭露封建教育制度，首先，从批判尊孔读经入手。文章细致地描述了学生入学时行"拜师礼"的经过，仪式是：一拜孔子，二拜先生，没有孔子牌位，便对着挂在中间的"扁"及梅花鹿行礼。这里，"鹿"即"禄"也。孔子说过："学也，禄在其中。"这就形象地说明封建教育制度的宗旨，在于培养封建地主阶级的接班人。

其次，是师道尊严。从教学内容来看，学生读的尽是宣扬封建思想的古书，如《论语》《幼学琼林》《周易》《尚书》等，像天书一样难懂，而且在毒害着儿童的思想。课外的问题，学生不懂也不能问。如鲁迅出于求知欲望，问老师什么是"怪哉"虫，就遭到老师的怒斥："不知道！"

再次，从教学方法说，是死记硬背。教师只管学生读书、习字、对课，拼命把一些孔孟的、含有封建毒素的东西填鸭式地硬塞到学生头脑里去，什么"仁远乎哉我欲仁斯仁至矣"，什么"笑人齿缺曰狗窦大开"，这些一点也引不起学生兴趣，然而在教师的鞭策与督促之下，有时也只好"放开喉咙"照本宣读。但读着读着，毕竟索然无味，不久声音就"低"下去，"静"下去了，只有先生自己大声读，什么"铁如意，指挥倜傥，一座皆惊呢……"他所读的内容，都是十分难懂的东西。

最后，从教规上说，是管束过严。学生稍有点"越轨"的行动，教师就不允许，甚至以"怒色"相待。如学生读书读得累了，到后面一个小园去玩，就被"严厉"的老师叫回去，大声训斥："读书！"

从上述几方面看来，批判的矛头显然是针对整个封建教育制度的，因为"三味书屋"所反映出来的"读书做官""尊孔读经""师道尊严"以及对学生的严厉管束等，是整个封建教育制度的问题，是旧私塾教育制度的缩影。教师虽是"本城中极方正，质朴，博学的人"，但他遵奉的是封建教育的一套。他是执行者，又是受害者。因此，过多地分析塾师的所谓性格是不能抓住问题的实质的。

鲁迅曾说过："我出世的时候是清朝的末年，孔夫子已经有了'大成至圣文宣王'这一个阔得可怕的头衔，不消说，正是圣道支配了全国的时代。政府对于读书的人们，使读一定的书，即《四书》和《五经》；使遵守一定的注释，使写一定的文章，即所谓'八股文'；并且使发一定的议论。"（《且介亭杂文二集·在现代中国的孔夫子》）这种唯孔孟之道是尊的状况，在当时，每个封建学校都一样的。"三味书屋"的一副对联："至乐无声唯孝悌，太羹有味是诗书"，正可以作为这些封建学校的本质的共同写照。作者正是紧紧抓住了封建学校这一本质特点，多方面对三味书屋进行了逼真的描述，因而具有典型意义。

这篇文章还表现了儿童们对封建教育的自发的不满情绪。学生们一有机会就跑到后园去玩，或者爬上花坛去折蜡梅花，或者在地上或桂花树上寻蝉蜕，或者捉了苍蝇喂蚂蚁。在那里，他们自寻乐趣，开辟了自己的新天地。当先生朗读诗书十分入神时，鲁迅还用纸糊的盔甲套在指甲上做戏，或者用透明的"荆川纸"蒙在小说的绣像上"画画儿"，这些举动是对封建教育的不自觉的抵制，是对封建教育和封建秩序的自发的反抗。鲁迅在"五猖会事件"上还仅仅表现于内心的不满，到了这个时期，则明显地在行动上表露出来了。

本文的一个显著艺术特色是用对比的手法，它在读者面前呈现两幅截然不同的画面，表达了思想内容。文章前一部分锐意着色，写出了充满生机的百草园的无限乐趣；后一部分，则带着讽刺的意味写了三味书屋里烦闷枯燥的私塾生活。作者用百草园的"无限乐趣"反衬三味书屋的烦闷枯燥，用乐园的自由反衬私塾的拘束。前后两部分既是强烈对比，又是有机的统一；不是互相平行，而有其内在的联系，前者成为后者有力的否定。这就更有力地突出了文章的主题思想。

在表现手法上，这篇散文跟集子的其他各篇比较起来，有其独特的艺术风格。作者饱蘸彩笔，以抒情的笔调，写出百草园景物的层次，寄寓着自己丰富美好的思想和感情，使得这些画面具有诗的意境。譬如作者开始略述百草园的概貌，点出它是儿时的"乐园"。接着写富有色彩感的菜畦、皂荚树、桑椹等植物。再往下，写了鸣蝉长吟，黄蜂采蜜，叫天子（云雀）的轻捷。如果说这些层次鲜明、动静结合的自然景物的描绘，是概括了百草园的"面"的话，那么短墙的描述，则表现了百草园的"点"。这里的油蛉、蟋蟀，它们在"低唱"，在"弹琴"。这拟人的手法，使人仿佛走进了童话一般的境界。翻开断砖来，有时会遇见蜈蚣，还有从"后窍"喷出一阵烟雾的斑蝥。多么绘声绘色，多么美妙动人！这种引人入胜的叙述，读起来朗朗上口，使人情绪感奋。如作者要离开百草园到三味书屋时，连用三个"也许是"和两个"Ade"（再见），写出了童年的鲁迅被送进书塾的不快和对"百草园"的无限留恋。感情真挚，感人至深！可以说，在整篇文章中，像这种优美动人的叙述和诗一般的抒情笔调是大量的、主要的，同时又间以幽默的讽刺，发人深思的传说和故事。几种手法糅合在一起，舒卷自如，恰到好处。

另一艺术特色是，作者抓住具有典型意义的细节，刻画事物的特征，收到强烈的艺术效果。如在三味书屋，学生放开喉咙朗读"仁远乎哉……"等不能理解的词句，"真是人声鼎沸"，但毕竟因为不懂而声音逐渐低落下去，这时塾师的声音却突出了出来。作者写道，"只有他还大声朗读着"，读到精彩处，"他总是微笑起来，而且将头仰起，摇着，向后面拗过去，拗过去"。就这么几笔，学生的厌倦情绪，塾师的质朴和迂腐，书塾生活的枯燥和单调，便跃然纸上，给读者留下了深刻的印象。

文章的开头和末尾，作者分别提到了"百草园"和两大本绣像画的命运——都"卖"掉了。这一首一尾的两句话，看似闲笔，实则不然；它们遥相呼应，而且突出一个"卖"字，说明他家境的日渐困顿，为后面几篇文章作了伏笔。

父亲的病 [1]

「 写作背景 」

　　鲁迅在《呐喊·自序》中曾写道:"我有四年多,曾经常常,——几乎是每天,出入于质铺和药店里,年纪可是忘却了,总之是药店的柜台正和我一样高,质铺的是比我高一倍,我从一倍高的柜台外送上衣服或首饰去,在侮蔑里接了钱,再到一样高的柜台上给我久病的父亲去买药。"1926 年 10 月 7 日写的《父亲的病》这篇散文,具体、形象地记述了父亲的病被庸医所误至死的过程。鲁迅通过事实,揭露了清朝末年绍兴的几位所谓"名医"敲诈病人钱财的恶劣行径,暴露出他们的唯心主义和形而上学

[1]本篇最初发表于 1926 年 11 月 10 日《莽原》半月刊第 1 卷第 21 期。

的医疗思想，勾画出他们的丑恶灵魂。鲁迅更以深刻透彻的剖析和生动逼真的艺术描绘，揭示了封建思想严重阻碍中国社会的进步，以及清王朝末年闭关自守、腐败衰落的社会制度。鲁迅在大革命高潮中写的这篇回忆性的散文，是和党领导的彻底的反帝反封建的革命任务相一致的。

　　大约十多年前吧，S城[2]中曾经盛传过一个名医的故事：

　　他出诊原来是一元四角，特拔十元，深夜加倍，出城又加倍。有一夜，一家城外人家的闺女生急病，来请他了，因为他其时已经阔得不耐烦，便非一百元不去。他们只得都依他。待去时，却只是草草地一看，说道"不要紧的"，开一张方，拿了一百元就走。那病家似乎很有钱，第二天又来请了。他一到门，只见主人笑面承迎，道，"昨晚服了先生的药，好得多了，所以再请你来复诊一回。"仍旧引到房里，老妈子便将病人的手拉出帐外来。他一按，冷冰冰的，也没有脉，于是点点头道，"唔，这病我明白了。"从从容容走到桌前，取了药方纸，提笔写道：

――――――――――
　　［2］S城：这里指绍兴城。

"凭票付英洋[3]壹百元正。"下面是署名，画押。

"先生，这病看来很不轻了，用药怕还得重一点罢。"
主人在背后说。

"可以，"他说。于是另开了一张方：

"凭票付英洋贰百元正。"下面仍是署名，画押。

这样，主人就收了药方，很客气地送他出来了。

我曾经和这名医周旋过两整年，因为他隔日一回，来
诊我的父亲的病。那时虽然已经很有名，但还不至于阔得
这样不耐烦；可是诊金却已经是一元四角。现在的都市上，
诊金一次十元并不算奇，可是那时是一元四角已是巨款，
很不容易张罗的了；又何况是隔日一次。他大概的确有些
特别，据舆论说，用药就与众不同。我不知道药品，所觉
得的，就是"药引"的难得，新方一换，就得忙一大场。
先买药，再寻药引。"生姜"两片，竹叶十片去尖，他是不
用的了。起码是芦根，须到河边去掘；一到经霜三年的甘蔗，
便至少也得搜寻两三天。可是说也奇怪，大约后来总没有
购求不到的。

据舆论说，神妙就在这地方。先前有一个病人，百药

[3]英洋："鹰洋"，墨西哥银圆，币面铸有鹰的图案。鸦片战争后曾大量流入
我国。

无效；待到遇见了什么叶天士[4]先生，只在旧方上加了一味药引：梧桐叶。只一服，便霍然而愈了。"医者，意也。"[5]其时是秋天，而梧桐先知秋气。其先百药不投，今以秋气动之，以气感气，所以……。我虽然并不了然，但也十分佩服，知道凡有灵药，一定是很不容易得到的，求仙的人，甚至于还要拼了性命，跑进深山里去采呢。

这样有两年，渐渐地熟识，几乎是朋友了。父亲的水肿是逐日利害，将要不能起床；我对于经霜三年的甘蔗之流也逐渐失了信仰，采办药引似乎再没有先前一般踊跃了。正在这时候，他有一天来诊，问过病状，便极其诚恳地说：

"我所有的学问，都用尽了。这里还有一位陈莲河先生，本领比我高。我荐他来看一看，我可以写一封信。可是，病是不要紧的，不过经他的手，可以格外好得快……。"

这一天似乎大家都有些不欢，仍然由我恭敬地送他上轿。进来时，看见父亲的脸色很异样，和大家谈论，大意

---

[4] 叶天士（1667—1746）：名桂，号香岩，江苏人。清乾隆时名医。他的门生曾搜集其药方编成《临证指南医案》10卷。清代王友亮撰《双佩斋文集·叶天士小传》中，有以梧桐叶作药引的记载："邻妇难产，他医业立方矣，其夫持问叶，为加梧叶一片，产立下。后有效之者，叶笑曰：'吾前用梧叶，以值立秋故耳！今何益。'其因时制宜，不拘古法多此类，虽老于医者莫能测也。"

[5] "医者，意也。"：语出《后汉书·郭玉传》："医之为言，意也。腠理至微，随气用巧。"又宋代祝穆编《古今事文类聚》前集："唐许胤宗善医。或劝其著书，答曰：'医言意也。思虑精则得之，吾意所解，口不能宣也。'"

是说自己的病大概没有希望的了；他因为看了两年，毫无效验，脸又太熟了，未免有些难以为情，所以等到危急时候，便荐一个生手自代，和自己完全脱了干系。但另外有什么法子呢？本城的名医，除他之外，实在也只有一个陈莲河[6]了。明天就请陈莲河。

陈莲河的诊金也是一元四角。但前回的名医的脸是圆而胖的，他却长而胖了：这一点颇不同。还有用药也不同。前回的名医是一个人还可以办的，这一回却是一个人有些办不妥帖了，因为他一张药方上，总兼有一种特别的丸散和一种奇特的药引。

芦根和经霜三年的甘蔗，他就从来没有用过。最平常的是"蟋蟀一对"，旁注小字道："要原配，即本在一窠中者。"似乎昆虫也要贞节，续弦或再醮（jiào，再醮，专指妇女再嫁），连做药资格也丧失了。但这差使在我并不为难，走进百草园，十对也容易得，将它们用线一缚，活活地掷入沸汤中完事。然而还有"平地木[7]十株"呢，这可谁也不知道是什么东西了，问药店，问乡下人，问卖草药的，问老年人，问读书人，问木匠，都只是摇摇头，临末才记起了那远房的叔祖，爱种一点花木的老人，跑去一问，他果

---

[6]陈莲河：指何廉臣（1860—1929），当时绍兴的中医。

[7]平地木：紫金牛，常绿小灌木，一种药用植物。

然知道，是生在山中树下的一种小树，能结红子如小珊瑚珠的，普通都称为"老弗大"。

"踏破铁鞋无觅处，得来全不费功夫。"药引寻到了，然而还有一种特别的丸药：败鼓皮丸。这"败鼓皮丸"就是用打破的旧鼓皮做成；水肿一名鼓胀，一用打破的鼓皮自然就可以克伏他。清朝的刚毅因为憎恨"洋鬼子"，预备打他们，练了些兵称作"虎神营"[8]，取虎能食羊，神能伏鬼的意思，也就是这道理。可惜这一种神药，全城中只有一家出售的，离我家就有五里，但这却不像平地木那样，必须暗中摸索了，陈莲河先生开方之后，就恳切详细地给我们说明。

"我有一种丹，"有一回陈莲河先生说，"点在舌上，我想一定可以见效。因为舌乃心之灵苗……。价钱也并不贵，只要两块钱一盒……。"

我父亲沉思了一会，摇摇头。

"我这样用药还会不大见效，"有一回陈莲河先生又说，"我想，可以请人看一看，可有什么冤愆……。医能医病，不能医命，对不对？自然，这也许是前世的事……。"

我的父亲沉思了一会，摇摇头。

---

[8]"虎神营"：清末端郡王载漪（文中说是刚毅，似误记）创设和率领的皇室卫队。李希圣在《庚子国变记》中说："虎神营者，虎食羊而神治鬼，所以诅之也。"

凡国手，都能够起死回生的，我们走过医生的门前，常可以看见这样的扁额。现在是让步一点了，连医生自己也说道："西医长于外科，中医长于内科。"但是 S 城那时不但没有西医，并且谁也还没有想到天下有所谓西医，因此无论什么，都只能由轩辕（xuān yuán）岐伯（qí bó）[9]的嫡（dí，正妻所生的；系统最近的，正统的）派门徒包办。轩辕时候是巫医不分的，所以直到现在，他的门徒就还见鬼，而且觉得"舌乃心之灵苗"。这就是中国人的"命"，连名医也无从医治的。

不肯用灵丹点在舌头上，又想不出"冤愆"来，自然，单吃了一百多天的"败鼓皮丸"有什么用呢？依然打不破水肿，父亲终于躺在床上喘气了。还请一回陈莲河先生，这回是特拔，大洋十元。他仍旧泰然的开了一张方，但已停止败鼓皮丸不用，药引也不很神妙了，所以只消半天，药就煎好，灌下去，却从口角上回了出来。

从此我便不再和陈莲河先生周旋，只在街上有时看见他坐在三名轿夫的快轿里飞一般抬过；听说他现在还康健，

---

[9]轩辕岐伯：指古代名医。轩辕，即黄帝，传说中的上古帝王；岐伯，传说中的上古名医。今所传著名医学古籍《黄帝内经》，是战国秦汉时医家托名黄帝与岐伯所作。其中《素问》部分，用黄帝和岐伯问答的形式讨论病理，故后来常称医术高明者为"术精岐黄"。

一面行医，一面还做中医什么学报[10]，正在和只长于外科的西医奋斗哩。

中西的思想确乎有一点不同。听说中国的孝子们，一到将要"罪孽深重祸延父母"[11]的时候，就买几斤人参，煎汤灌下去，希望父母多喘几天气，即使半天也好。我的一位教医学的先生却教给我医生的职务道：可医的应该给他医治，不可医的应该给他死得没有痛苦。——但这先生自然是西医。

父亲的喘气颇长久，连我也听得很吃力，然而谁也不能帮助他。我有时竟至于电光一闪似的想道："还是快一点喘完了罢……。"立刻觉得这思想就不该，就是犯了罪；但同时又觉得这思想实在是正当的，我很爱我的父亲。便是现在，也还是这样想。

早晨，住在一门里的衍（yǎn）太太[12]进来了。她是一个精通礼节的妇人，说我们不应该空等着。于是给他换

---

[10]中医什么学报：指《绍兴医药月报》。1924年春创刊，何廉臣任副编辑，在第1期上发表《本报宗旨之宣言》，宣扬"国粹"。

[11]"罪孽深重祸延父母"：旧时一些人在父母死后印发的讣闻中，常有"不孝男×××罪孽深重不自殒灭祸延显考（或显妣）……"等一类套话。

[12]衍太太：作者叔祖周子传的妻子。

衣服；又将纸锭和一种什么《高王经》[13] 烧成灰，用纸包了给他捏在拳头里……。

"叫呀，你父亲要断气了。快叫呀！"衍太太说。

"父亲！父亲！"我就叫起来。

"大声！他听不见。还不快叫？！"

"父亲！父亲！！"

他已经平静下去的脸，忽然紧张了，将眼微微一睁，仿佛有一些苦痛。

"叫呀！快叫呀！"她催促说。

"父亲！！"

"什么呢？……。不要嚷……。不……。"他低低地说，又较急地喘着气，好一会，这才复了原状，平静下去了。

"父亲！！"我还叫他，一直到他咽了气。

我现在还听到那时的自己的这声音，每听到时，就觉得这却是我对于父亲的最大的错处。

十月七日

---

[13]《高王经》：即《高王观世音》。据《魏书·卢景裕传》："……有人负罪当死，梦沙门教讲经，觉时如所梦，默诵千遍，临刑刀折，主者以闻，赦之。此经遂行于世，号曰《高王观世音》。"旧俗在人死时，把《高王经》烧成灰，捏在死者手里，大概即源于这类故事，意思是死者到"阴间"如受刑时可减少痛苦。

赏析阅读

　　作者以尖锐有力的笔触，写出两个"名医"和病人的关系，其实质不过是金钱关系。它使读者清晰地看到那些道貌岸然的"儒医"，乃是一伙唯利是图的市侩。作品的开头，引出"十多年前"，绍兴城盛传过一个"名医"的故事："他出诊原来是一元四角，特拔十元，深夜加倍，出城又加倍。有一夜，一家城外人家的闺女生急病，来请他了，……便非一百元不去"。去时只"草草一看"，随便开了药方就走了。第二天又被请去，经主人"彬彬有礼"的暗示和自己的按脉，知道病人已死，最后是付出英洋二百元给死者家属了事。这事充分揭露了医生的贪婪和昏庸。作者从这个故事引到这位"名医"为他父亲治病时的高价诊费，诊金是一元四角，但那时已是巨款了，何况是隔日一次。鲁迅严厉地控诉了"名医"乘人之危、抬高诊费的卑劣行径。不言而喻，在高诊费的敲诈下，何止鲁迅一家出入当铺，不知有多少劳动人民贫病交困，倾家荡产。鲁迅父亲的水肿病被这"名医"医治了两年，可是病情逐日加重。这位"名医"吸饱了私囊，便厚着脸皮说："我所有的学问，都用尽了。这里还有一位陈莲河先生，本领比我高。"借以溜之大吉。然而他所荐的陈莲河，其手段之狡猾比前者有过之而无不及，如正当病人处于垂危之中，还以"点舌丹"来诈取银钱。病人终于躺床喘气了，又开了个药方，"这回是特拔，大洋十元"。病人病危时，还要再捞一把，这是多么令人发指！通过这种冷酷无情的关系的描述，便有力地撕去了封建庸医的假面。

鲁迅透过所谓"名医"的恶劣行为，还深刻揭露了他们的思想基础，批判了反动"天命观""天意说"等唯心主义思想。鲁迅写道："名医"有一回说，他用的药"不大见效"，可能是病人有什么"冤愆"，还胡说什么"医能医病，不能医命"。鲁迅愤慨地说："这就是中国人的'命'，连名医也无从医治的。"这短短的语句中，蕴含着多么强烈的控诉！反动统治阶级不正竭力鼓吹"死生有命"的反动天命观吗？鲁迅在文中所讽刺的"医者，意也"，便是封建统治阶级唯心主义的一种说教。他们诊治往往是凭臆测，用药也千奇百怪，尤其奇特的是"蟋蟀一对"还要原配。对于这种愚弄人民的把戏，鲁迅无情地嘲讽道："似乎昆虫也要贞节"，否则"连做药资格也丧失了"。这说明了封建礼教思想毒汁，浸透了"名医"的灵魂。在"名医"的处方中，有一种特别的丸药，叫败鼓皮丸，是用打破的旧鼓皮做成的。"水肿一名鼓胀，一用打破的鼓皮自然就可以克伏他"。这就是"名医""医者，意也"的可笑产物。鲁迅对此作了个生动的比喻；这种道理就像腐败的清王朝的刚毅憎恨"洋鬼子"一样，不是积极抵抗外来侵略者，而是"练了些兵称作'虎神营'，取虎能食羊，神能伏鬼的意思"（"羊"和"洋"同音，"羊"便是"洋鬼子"），荒唐地以为，这样就可以战胜"洋鬼子"了。"名医"们的这种医道，和腐败无能的清王朝一样地自欺欺人。从"败鼓皮丸"联想到"虎神营"，一箭双雕，既批判庸医的无知妄说，又揭露封建统治者的腐败没落，显得十分深刻有力！

鲁迅笔下"名医"的另一个特征是：因循守旧，复古倒退，排斥先进的医学思想。绍兴那时不但没有西医，并且谁也还没有想到，天下有所谓"西医"。鲁迅讽刺道："因此无论什么，都只能由轩辕歧伯的嫡派门徒包办。轩辕时候是巫医不分的，所以直到现在，他的门徒就还见鬼"。这里指出了封建迷信是我国医学发展的严重障碍，揭露了封建势力顽固保留野蛮、落后东西的罪行。鲁迅还意味深长地说，当他已不再和"名医"陈莲河周旋后，听说他"一面行医，一面还做中医什么学报，正在和只长于外科的西医奋斗哩"。这就进一步画出了这个保守、复古、倒退、反对新事物的庸医的嘴脸。

作者以切身的体会，批判我国医学中的落后现象。但对我国医药学的丰富遗产，他在后来写的《经验》一文中，作了热情的肯定。鲁迅指出《本草纲目》虽是一部很普通的书，"但里面却含有丰富的宝藏"，"大部分的药品的功用，却由历久的经验，这才能够知道到这程度"（《南腔北调集》）。对于祖国的医学，鲁迅的论述是很精辟的。他赞颂了富有实践经验的劳动人民的医学，批判的是庸医的医道；他积极宣传新医学，大力剔除旧医学中的封建糟粕。事实证明，只有彻底扬弃一切错误的落后的东西，才能发展祖国医学。

文章末了一部分，作者回忆了父亲临终时的情景，揭露了封建礼教给病人带来的痛苦。中国的孝子们看到父母病危时，总希望父母多喘几口气。在精通礼节的衍太太的催促下，少年的鲁迅大声叫喊躺在床上痛苦喘气即将断气的父亲，给父亲增添了痛苦。鲁迅在结尾怀着沉痛的心情写道："我现在还听到那时的自己的这声音，每听到时，就觉得这却是我对于父亲的最大的错处。"在《二十四孝图》里，鲁迅列举《二十四孝图》里的故事，批判了孝的虚伪性、残酷性和欺骗性。在这里鲁迅则以自己的切身感受控诉了"孝"的害人本质和对病人的摧残和折磨。"父亲的喘气颇长久，连我也听得很吃力"，"我有时竟至于电光一闪似的想道：'还是快一点喘完了罢……。'立刻觉得这思想就不该，就是犯了罪；但同时又觉得这思想实在是正当的，我很爱我的父亲。便是现在，也还是这样想。"作者从内心抒发出来的对父亲的爱，撕开了封建的"孝道"的面纱，戳破了它的假面。

本文题为"父亲的病"，但它不是单纯写父亲的病况，而是通过对庸医的批判，剖析了中国封建社会的"病根"。它以小见大，选取生活的片段，深入开掘，把儒医的存在和封建、半封建社会制度联系起来，赋予了这篇散文思想的深刻性。从中看出他以彻底的民主革命的精神，对旧制度的毫不妥协的战斗风格。

这篇散文的一个明显的艺术特色，是通过反面典型的选取和剖析来表达主题。作者以朴素、平实的描述，用事实本身，勾勒出两个"名医"的本质特征，暴露事物的本来面目。如陈莲河的"点舌"之术的一段话，无需多添一笔，本相毕露。第一回，他为了推销他的货色，抬出"舌乃心之灵苗"来作理论根据，又生怕病人不肯接受，声明价钱"不贵"，但又要"两块一盒"。一副江湖骗子的神态跃然纸上。第二回，他眼看用药无效，病人对他早已不抱幻想了，他便以"冤愆""前世的事"来开脱自己，真是"巫医不分"。这正如传神的写意画，并不细画须眉，不过几笔，就神情毕肖。

鲁迅在质朴的叙述中，时而插入画龙点睛的议论，时而有幽默而辛辣的讽刺。如，关于用"原配"蟋蟀做药引，既讽刺了故弄玄虚的儒医，也鞭挞了封建礼教。又如，"陈莲河的诊金也是一元四角。但前回的名医的脸是圆而胖的，他却长而胖了"，两个"名医"脸胖瘦一样，只是"圆"和"长"之别罢了。这幽默而含讥的笔调，正表现了作者对"名医"的轻蔑和厌恶。因而，全文看来似乎是朴素、自然的叙述，但字里行间，流露了作者强烈的爱憎感情。

琐记 [1]

「 写作背景 」

这篇回忆散文，题曰"琐记"，但它不是生活琐事的记载，而是比较完整地叙述了作者离开故乡绍兴到南京求学的一段重要生活，它是青年鲁迅开始探索救国救民道路的艺术记录。特别是作者把自己的经历和时代的命运联系起来，比较集中地批判了洋务运动和资产阶级改良主义，因此，它不仅为我们提供了研究鲁迅青年时期思想发展极为重要的材料，同时对我们了解当时的社会状况，也是很有帮助的。

[1] 本篇最初发表于 1926 年 11 月 25 日《莽原》半月刊第 1 卷第 22 期。

衍太太现在是早已经做了祖母，也许竟做了曾祖母了；那时却还年青，只有一个儿子比我大三四岁。她对自己的儿子虽然狠，对别家的孩子却好的，无论闹出什么乱子来，也决不去告诉各人的父母，因此我们就最愿意在她家里或她家的四近玩。

举一个例说罢，冬天，水缸里结了薄冰的时候，我们大清早起一看见，便吃冰。有一回给沈四太太[2]看到了，大声说道："莫吃呀，要肚子疼的呢！"这声音又给我母亲听到了，跑出来我们都挨了一顿骂，并且有大半天不准玩。我们推论祸首，认定是沈四太太，于是提起她就不用尊称了，给她另外起了一个绰号，叫作"肚子疼"。

衍太太却决不如此。假如她看见我们吃冰，一定和蔼地笑着说，"好，再吃一块。我记着，看谁吃的多。"

但我对于她也有不满足的地方。一回是很早的时候了，我还很小，偶然走进她家去，她正在和她的男人看书。我走近去，她便将书塞在我的眼前道，"你看，你知道这是什么？"我看那书上画着房屋，有两个人光着身子仿佛在打架，但又不很像。正迟疑间，他们便大笑起来了。这使我很不高兴，似乎受了一个极大的侮辱，不到那里去大约有十多天。一回是我已经十多岁了，和几个孩子比赛打旋子，

---

[2]沈四太太：周家的房客。

看谁旋得多。她就从旁计着数，说道，"好，八十二个了！再旋一个，八十三！好，八十四！……"但正在旋着的阿祥，忽然跌倒了，阿祥的婶母也恰恰走进来。她便接着说道，"你看，不是跌了么？不听我的话。我叫你不要旋，不要旋……。"

虽然如此，孩子们总还喜欢到她那里去。假如头上碰得肿了一大块的时候，去寻母亲去罢，好的是骂一通，再给擦一点药；坏的是没有药擦，还添几个栗凿和一通骂。衍太太却决不埋怨，立刻给你用烧酒调了水粉，搽在疙瘩上，说这不但止痛，将来还没有瘢（bān，疮痕，斑点）痕。

父亲故去之后，我也还常到她家里去，不过已不是和孩子们玩耍了，却是和衍太太或她的男人谈闲天。我其时觉得很有许多东西要买，看的和吃的，只是没有钱。有一天谈到这里，她便说道，"母亲的钱，你拿来用就是了，还不就是你的么？"我说母亲没有钱，她就说可以拿首饰去变卖；我说没有首饰，她却道，"也许你没有留心。到大厨的抽屉里，角角落落去寻去，总可以寻出一点珠子这类东西……。"

这些话我听去似乎很异样，便又不到她那里去了，但有时又真想去打开大厨，细细地寻一寻。大约此后不到一月，就听到一种流言，说我已经偷了家里的东西去变卖了，这实在使我觉得有如掉在冷水里。流言的来源，我是明白的，倘是现在，只要有地方发表，我总要骂出流言家的狐狸尾巴来，但那时太年青，一遇流言，便连自己也仿佛觉得真是犯了罪，怕遇见人们的眼睛，怕受到母亲的爱抚。

好。那么，走罢！

但是，那里去呢？S 城人的脸早经看熟，如此而已，连心肝也似乎有些了然。总得寻别一类人们去，去寻为 S 城人所诟病的人们，无论其为畜生或魔鬼。那时为全城所笑骂的是一个开得不久的学校，叫作中西学堂[3]，汉文之外，又教些洋文和算学。然而已经成为众矢之的了；熟读圣贤书的秀才们，还集了"四书"[4]的句子，做一篇八股[5]来嘲诮它，这名文便即传遍了全城，人人当作有趣的话柄。我只记得那"起讲"的开头是：——

"徐子以告夷子曰：吾闻用夏变夷者，未闻变于夷者也。今也不然：鴃（jué）舌之音，闻其声，皆雅言也……。"以后可忘却了，大概也和现今的国粹（cuì，精华）保存大家的议论差不多。但我对于这中西学堂，却也不满足，因

---

　　[3]中西学堂：绍郡中西学堂的简称，绍兴徐树兰创办的一所私立学校，1897年（清光绪二十三年）成立。1899 年秋改为绍兴府学堂。

　　[4]"四书"：即儒家经典《大学》《中庸》《论语》《孟子》。北宋时程颢、程颐特别推崇《礼记》中的《大学》《中庸》二篇；南宋朱熹又将这两篇和《论语》《孟子》合在一起，撰写《四书章句集注》，自此便有了"四书"这个名称。

　　[5]八股：明、清在科举应试时所用的一种文体。它用"四书""五经"中文句命题，并规定一定的格式：每篇都必须按次序分为"破题""承题""起讲""入手""前股""中股""后股""束股"八个段落；后面四段是正文，每段分两股，两两相对，共计八股。这里所说的"起讲"，就是其中的第三段。

为那里面只教汉文、算学、英文和法文。功课较为别致的，还有杭州的求是书院[6]，然而学费贵。

无须学费的学校在南京，自然只好往南京去。第一个进去的学校[7]，目下不知道称为什么了，光复[8]以后，似乎有一时称为雷电学堂，很象《封神榜》[9]上"太极阵""混元阵"一类的名目。总之，一进仪凤门[10]，便可以看见它那二十丈高的桅（wéi）杆和不知多高的烟通。功课也简单，一星期中，几乎四整天是英文："It is a cat." "Is it a rat？"[11]一整天是读汉文："君子曰，颍（yǐng）考叔可谓纯孝也已矣，爱其母，施及庄公。"[12]一整天是做汉文:《知己知彼百战百胜论》《颍考叔论》《云从龙风从虎论》《咬得菜根则百事可做论》。

初进去当然只能做三班生，卧室里是一桌一凳一床，床板只有两块。头二班学生就不同了，二桌二凳或三凳一床，床板多至三块。不但上讲堂时挟着一堆厚而且大的洋

---

[6]求是书院：当时浙江的一所新式高等学校，创办于1897年（清光绪二十三年）。

[7]第一个进去的学校：指江南水师学堂，1913年改为海军军官学校，1915年又改为海军雷电学校。

[8]光复：指1911年的辛亥革命。

[9]《封神榜》：即《封神演义》，共一百回，明代许仲琳（一说陆西星）编写的一部神魔小说。

[10]仪凤门：当时南京城北的一个城门。

[11]这是初级英语读本上的课文，意思是："这是一只猫。""这是一只老鼠吗？"

[12]这段话出自《左传》隐公元年，原文是："君子曰，颍考叔，纯孝也。爱其母，施及庄公。"

书,气昂昂地走着,决非只有一本"泼赖妈"[13]和四本《左传》[14]的三班生所敢正视;便是空着手,也一定将肘弯撑开,像一只螃蟹, 低一班的在后面总不能走出他之前。这一种螃蟹式的名公巨卿, 现在都阔别得很久了, 前四五年, 竟在教育部的破脚躺椅上, 发现了这姿势, 然而这位老爷却并非雷电学堂出身的, 可见螃蟹态度, 在中国也颇普遍。

可爱的是桅杆。但并非如"东邻"的"支那通"[15]所说,因为它"挺然翘然",又是什么的象征。乃是因为它高,乌鸦喜鹊, 都只能停在它的半途的木盘上。人如果爬到顶, 便可以近看狮子山, 远眺莫愁湖, ——但究竟是否真可以眺得那么远, 我现在可委实有点记不清楚了。而且不危险, 下面张着网, 即使跌下来, 也不过如一条小鱼落在网子里; 况且自从张网以后, 听说也还没有人曾经跌下来。

原先还有一个池,给学生学游泳的,这里面却淹死了两个年幼的学生。当我进去时, 早填平了, 不但填平, 上面还造了一所小小的关帝庙。庙旁是一座焚化字纸的砖炉,

---

[13]"泼赖妈":英语 Primer 的音译,意即初级读本。

[14]《左传》:即《春秋左氏传》,相传为春秋时左丘明所撰,是一部用史实补充、解释《春秋》的书。

[15]"支那通":"支那",古代梵语对中国的译称。近代日本亦称中国为"支那"。"支那"通, 指研究和通晓中国情况的日本人。这里是讽刺安冈秀夫。他在《从小说看来的"支那"民族性》一书中, 胡诌中国人"耽享乐而淫风炽盛", 连食物也都与性有关, 如喜欢吃笋, 就"是因为那挺然翘然的姿势, 引起想象来"的原故。参看《华盖集续编·马上支日记(七月四日)》。

炉口上方横写着四个大字道："敬惜字纸"。只可惜那两个淹死鬼失了池子，难讨替代[16]，总在左近徘徊，虽然已有"伏魔大帝关圣帝君"镇压着。办学的人大概是好心肠的，所以每年七月十五，总请一群和尚到雨天操场来放焰口[17]，一个红鼻而胖的大和尚戴上毗（pí）卢帽[18]，捏诀[19]，念咒："回资罗，普弥耶吽，唵耶吽！唵！耶！吽！！！"[20]

我的前辈同学被关圣帝君镇压了一整年，就只在这时候得到一点好处，——虽然我并不深知是怎样的好处。所以当这些时，我每每想：做学生总得自己小心些。

总觉得不大合适，可是无法形容出这不合适来。现在是发现了大致相近的字眼了，"乌烟瘴气"，庶几乎其可也。只得走开。近来是单是走开也就不容易，"正人君子"者流会说你骂人骂到了聘书，或者是发"名士"脾气[21]，给你几句正经的俏皮话。不过那时还不打紧，学生所得的津贴，第一年不过二两银子，最初三个月的试习期内是零用

---

　[16]讨替代：即找替死鬼。旧时迷信认为横死的人所变的"鬼"，必须设法使别人以同样方式死亡，这样他才得投生，叫做讨替代。

　[17]放焰口：旧俗于夏历七月十五日（中元节）晚上请和尚结盂兰盆会，诵经施食，称为放焰口。盂兰盆，梵语音译，"救倒悬"的意思；焰口，饿鬼名。

　[18]毗卢帽：放焰口时，主座大和尚所戴的一种绣有毗卢佛像的帽子。

　[19]捏诀：和尚诵念咒语时的一种手势。

　[20]这些是《瑜伽焰口施食要集》中咒文的梵语音译。

　[21]发"名士"脾气：这是顾颉刚挖苦作者的话，当时他们同在厦门大学教书。参看《两地书·四十八》。

五百文。于是毫无问题，去考矿路学堂去了，也许是矿路学堂[22]，已经有些记不真，文凭又不在手头，更无从查考。试验并不难，录取的。

这回不是 It is a cat 了，是 Der Mann, Die Weib, Das Kind[23]。汉文仍旧是"颍考叔可谓纯孝也已矣"，但外加《小学集注》[24]。论文题目也小有不同，譬如《工欲善其事必先利其器论》，是先前没有做过的。

此外还有所谓格致[25]、地学、金石学，……都非常新鲜。但是还得声明：后两项，就是现在之所谓地质学和矿物学，并非讲舆地[26]和钟鼎碑版的。只是画铁轨横断面图却有些麻烦，平行线尤其讨厌。但第二年的总办是一个新党[27]，他坐在马车上的时候大抵看着《时务报》[28]，考汉文也自己

---

[22]矿路学堂：全称江南陆师学堂附设矿务铁路学堂。创办于 1898 年 10 月，1902 年 1 月停办。

[23]这是初级德语读本上的课文，意思是：“男人，女人，孩子。”

[24]《小学集注》：6 卷，宋代朱熹辑，明代陈选注，旧时学塾中所常用的一种初级读物。内容系辑录古书中的片段，分类编成四内篇：《立教》《明伦》《敬身》《稽古》；二外篇：《嘉言》《善行》。

[25]格致：“格物致知”的简称。《礼记·大学》有“致知在格物，物格而后知至”的话。格，推究。清末曾用“格致”统称物理、化学等学科。

[26]舆地：这里指地理学。钟鼎碑版，指古代铜器、石刻；研究这些文物的形制、文字或图画的，叫金石学。

[27]新党：指清末戊戌变法前后主张或倾向维新的人；这里指当时矿务铁路学堂总办俞明震。

[28]《时务报》旬刊，梁启超等主编，当时宣传变法维新的主要期刊之一。1896 年 8 月创刊于上海，1898 年 7 月停刊。

出题目，和教员出的很不同。有一次是《华盛顿论》，汉文教员反而惴惴（zhuì zhuì，形容又发愁又害怕的样子）地来问我们道："华盛顿[29]是什么东西呀？……"

看新书的风气便流行起来，我也知道了中国有一部书叫《天演论》[30]。星期日跑到城南去买了来，白纸石印的一厚本，价五百文正。翻开一看，是写得很好的字，开首便道：

"赫胥黎独处一室之中，在英伦之南，背山而面野，槛外诸境，历历如在机下。乃悬想二千年前，当罗马大将恺撒未到时，此间有何景物？计唯有天造草昧……"

哦，原来世界上竟还有一个赫胥黎坐在书房里那么想，而且想得那么新鲜？一口气读下去，"物竞""天择"也出来了，苏格拉第、柏拉图也出来了，斯多葛也出来了。学堂里又设立了一个阅报处，《时务报》不待言，还有《译学汇编》，那书面上的张廉卿一流的四个字，就蓝得很可爱。

"你这孩子有点不对了，拿这篇文章去看去，抄下来去看去。"一位本家的老辈严肃地对我说，而且递过一张报纸

---

[29]华盛顿（G. Washington, 1732—1799）：即乔治·华盛顿，美国政治家。曾领导 1775 年至 1783 年美国反对英国殖民统治的独立战争，胜利后，任美国第一任总统。

[30]《天演论》：英国赫胥黎（1825—1895）著《进化论与伦理学及其他论文》中的前两篇，严复译述。1898 年（清光绪二十四年）由湖北沔阳卢氏木刻印行，为"慎始基斋丛书"之一；1901 年又由富文书局石印出版。其前半部着重解释自然现象，宣传物竞天择；后半部着重解释社会现象，鼓吹优胜劣败的社会思想。这本书曾对我国知识界产生过很大的影响。

来。接来看时，"臣许应骙（kuí，马强壮的样子）跪奏……，"那文章现在是一句也不记得了，总之是参康有为变法[31]的，也不记得可曾抄了没有。

仍然自己不觉得有什么"不对"，一有闲空，就照例地吃侉（kuǎ）饼、花生米、辣椒，看《天演论》。

但我们也曾经有过一个很不平安的时期。那是第二年，听说学校就要裁撤了。这也无怪，这学堂的设立，原是因为两江总督[32]（大约是刘坤一[33]罢）听到青龙山的煤矿[34]出息好，所以开手的。待到开学时，煤矿那面却已将原先的技师辞退，换了一个不甚了然的人了。理由是：一、先前的技师薪水太贵；二、他们觉得开煤矿并不难。于是不到一年，就连煤在那里也不甚了然起来，终于是所得的煤，只能供烧那两架抽水机之用，就是抽了水掘煤，掘出煤来

[31]康有为变法：康有为（1858—1927），字广厦，号长素，广东南海人。清末维新运动的领袖，主张变法维新，改君主专制制为民主立宪制。1898年（戊戌）他与梁启超、谭嗣同等由光绪帝任用参预政事，试图变法；从同年6月11日光绪帝颁布变法维新的诏令，到9月21日以慈禧太后为首的地主阶级顽固派发动政变，变法失败，共历时103日，故又称"戊戌变法"或"百日维新"。

[32]两江总督：总督，清代地方最高军政长官。两江总督在清初管辖江南和江西两省。1667年（清康熙六年）江南省分为江苏、安徽两省，仍与江西省并归两江总督管辖。

[33]刘坤一（1830—1901）：湖南新宁人。1879年至1901年间数任两江总督，是当时官僚中倾向维新的人物之一。

[34]青龙山的煤矿：在今南京官塘煤矿象山矿区。作者当年所下的矿洞即今象山矿区的古井。

抽水，结一笔出入两清的账。既然开矿无利，矿路学堂自然也就无须乎开了，但是不知怎的，却又并不裁撤。到第三年我们下矿洞去看的时候，情形实在颇凄凉，抽水机当然还在转动，矿洞里积水却有半尺深，上面也点滴而下，几个矿工便在这里面鬼一般工作着。

毕业，自然大家都盼望的，但一到毕业，却又有些爽然若失。爬了几次桅，不消说不配做半个水兵；听了几年讲，下了几回矿洞，就能掘出金、银、铜、铁、锡来么？实在连自己也茫无把握，没有做《工欲善其事必先利其器论》的那么容易。爬上天空二十丈和钻下地面二十丈，结果还是一无所能，学问是"上穷碧落下黄泉，两处茫茫皆不见"了。所余的还只有一条路：到外国去。

留学的事，官僚也许可了，派定五名到日本去。其中的一个因为祖母哭得死去活来，不去了，只剩了四个。日本是同中国很两样的，我们应该如何准备呢？有一个前辈同学在，比我们早一年毕业，曾经游历过日本，应该知道些情形。跑去请教之后，他郑重地说：

"日本的袜是万不能穿的，要多带些中国袜。我看纸票也不好，你们带去的钱不如都换了他们的现银。"

四个人都说遵命。别人不知其详，我是将钱都在上海换了日本的银元，还带了十双中国袜——白袜。

后来呢？后来，要穿制服和皮鞋，中国袜完全无用；

一元的银圆日本早已废置不用了，又赔钱换了半元的银圆和纸票。

十月八日

赏析阅读

　　文章一开头就提到的衍太太，是鲁迅的远亲。《父亲的病》一文的结尾，已经提及这个"精通礼节的妇人"，本文则通过几件典型事例，形象地勾勒出她的丑恶嘴脸。例如她总是背地里幸灾乐祸地观赏别家的孩子闹"乱子"，怂恿他们冬天"吃冰""打旋子"，甚至叫年幼的鲁迅看春画，教唆鲁迅偷家里的东西去卖，同时又散布流言，中伤鲁迅；而在人面前却立即换上另一副"爱护关心"的面孔，摆出一派"正人君子"的架势。这就充分有力地揭示了这个满口"仁义道德"的衍太太，实际上是一个满肚子坏水的两面派，从而也批判了封建礼教的反动虚伪的本质。

　　衍太太不是孤立的个人，在某种程度上说，她是当时绍兴黑暗势力的某种典型。这种黑暗势力在当时是根深蒂固的。这只要看一看"中西学堂"的遭遇就够清楚了。这所绍兴城唯一的涂上一层"新漆"的旧学堂，竟遭到全城封建遗老遗少的嘲笑攻击，成了"众矢之的"。由此可见，当时的反动势力对新事物的压迫是多么深重。

　　有压迫就有反抗。青年鲁迅目睹清王朝的极端腐败，帝国主义列强的横行霸道，以及由此带给人民的深重灾难，眼看亡国惨祸将临，不由不痛恶"这熟识的本阶级"，看穿了他们的真面目，甚至"连心肝也似乎有些了然"。因此鲁迅勇敢地向旧世界发起了挑战，毅然决定："好。那么，走罢！"决心去寻求"别一类人们"。这充分表现了鲁迅与旧势力毫不妥协，勇于追求光明和真理的坚定意志，表明了青年时代鲁迅的敢于反对反动潮流的革命精神。

文章后半部分，作者叙述自己在南京水师学堂和矿路学堂学习的经过，有力地批判了洋务派腐朽反动的本质和资产阶级改良主义的不彻底性，并指出它们必然破产的命运，具体表现出鲁迅热情追求进步，不断求索救国道路的革命精神。

19 世纪 60 年代，清朝封建统治集团中出现了一批买办性的官僚军阀。他们为了维护其摇摇欲坠的封建统治，提出了学习外国侵略者"船坚炮利"的洋务运动，企图用所谓"自强""求富"的朽木支撑住将倾的大厦。水师学堂就是洋务派所办的一所海军学校。鲁迅在这所学校里学习了半年时间。作者通过亲身的经历从不同侧面批判了这所"洋学堂"的腐败现象。作者先从学校的命名讲起，所谓"雷电学堂"同神怪小说《封神榜》上的"太极阵""混元阵"一类名目极相类似，使人觉得滑稽可笑。教育内容则被"It is a cat"（这是一只猫）的英文，一周就占去了整整四天。除此之外，充斥课程的便是"君子曰，颍考叔可谓纯孝也已矣"等陈腐不堪的孔孟之道。对学生灌输的尽是"吃得苦中苦，方为人上人"之类的剥削阶级的反动人生观。这样的学校培养出来的学生自然大半是封建主义和帝国主义奴化教育的混血儿。他们崇洋媚外，专横跋扈，盛气凌人。上讲堂时"挟着一堆厚而且大的洋书"，走起路来"将肘弯撑开，像一只螃蟹"，摆出一副吓人的架势。文章还通过高低年级学生不同的待遇，写出了封建等级观念统治着这个学校。接着作者进一步揭露办学的人思想的落后和保守。名曰"水师"，却不让学生游泳；供游泳的池子淹死过人，便因噎废食，干脆把它填平，特别可笑的是，造了一个小小的关帝庙在上面镇着，每年还要叫和尚来做功德。这一切鲁迅用"乌烟瘴气"予以概括。它揭示了被一层改良"新漆"包裹着的封建主义，揭露了那帮顽固维护封建统治的洋务派的祸国殃民的罪行。鲁迅目睹这一切，又毅然决定"走开"。

文章接着介绍作者在矿路学堂的一段经历。

其时洋务运动已经破产，资产阶级改良主义的思潮方兴未艾，所以像矿路学堂这样一所为洋务派所创办的学校在当时多少也吹进了一些新鲜的空气。尽管如此，鲁迅却十分敏锐地看到了改良主义的种种弊病。

矿路学堂表面上确有比水师学堂进步的地方，例如课程的设置有所改革，增加了"地质学、矿物学"一类的科目，这在鲁迅当时看来是"非常新鲜"的。特别当学校头头换了个"新党"后，论文题目有所更新，"看新书的风气"开始流行起来。这说明在进步思潮的冲击下,传统的封建思想已经禁锢不住了,对此,鲁迅予以热情的肯定。

值得注意的是,在这所学校里,鲁迅开始接触新的进步思潮——西方资产阶级民主主义思想,有机会阅读《天演论》《时务报》一类进步书刊,特别是读到了英国赫胥黎著的《天演论》,感到书中的一切是"那么新鲜"。进化论学说对他的思想发展影响很大。但鲁迅接受"进化论"思想,并不是原封不动的照搬,而是汲取对革命有利的成分,并在实践中加以改造,形成自己进步的社会发展观,即肯定人类社会是发展变化的,认为"将来必胜于过去,青年必胜于老年",坚信新事物必将战胜旧事物。这在当时是有着积极进步意义的。所以,鲁迅的革命民主主义思想的形成,从一开始就和一般资产阶级民主主义有所不同。

他一面热烈地追求新的思潮,一面又清醒地无情地批判资产阶级改良主义。

矿路学堂教学内容虽有"新鲜之处",但复古的成分仍是不少,教员多是些孤陋寡闻的学究,连"华盛顿"是什么都不懂。社会上那些封建顽固派对新思潮也竭力加以抵制。鲁迅一位本家的长辈对他接受新思想就横加阻挠,斥为"不对",并用反动保皇派许应骙攻击康有为变法的"奏章"训示鲁迅。鲁迅对此置之不理,仍旧热心地读新书新报。

接着,鲁迅通过官僚地主经办的煤矿衰微破败景象和教学脱离实际的描写,批判了学校创办者的反动办学方针,揭露他们唯利是图，残酷压迫工人的罪恶本质。说明他们开矿办学，完全出于私利。且不说煤矿"抽了水掘煤，掘出煤来抽水，结一笔出入两清的账"是何等可笑，也不说办煤矿的人"就连煤在那里也不甚了然起来"有多么荒唐，单说矿路学堂所培养的学生罢，读了几年书只会做"工欲善其事必先利其器"之类文章，至于挖矿却"茫无把握"，这就道出了教学内容严重脱离实际的陈腐的实质。从切身的体会中，鲁迅看穿了地主资产阶级的无能和腐朽的本质，对改良主义表示深深的失望。这一点正是作为一个革命民主主义者鲁迅眼光的敏锐之处。特别值得注意的是，这个时期鲁迅有机会接触中国早年的产业工人，目睹他们身受压迫和剥削的悲惨遭遇。他以沉痛的笔调写出了青龙山矿洞的凄凉情况，"矿洞里积水却有半尺深，上面也点滴而下，几个矿工便在这里面鬼一般工作着"，寥寥数语，表达了鲁迅对劳动人民的无限同情和对剥削阶级的有力的鞭答。

对于资产阶级改良主义思潮的历史作用和时代阶级的局限性，毛泽东曾作过十分精辟的论述，它对我们理解本文的内容是十分重要的。毛泽东说："在当时，这种所谓新学的思想，有同中国封建思想作斗争的革命作用，是替旧时期的中国资产阶级民主革命服务的。可是，因为中国资产阶级的无力和世界已经进到帝国主义时代，这种资产阶级思想只能上阵打几个回合，就被外国帝国主义的奴化思想和中国封建主义的复古思想的反动同盟所打退了，被这个思想上的反动同盟军稍稍一反攻，所谓新学，就偃旗息鼓，宣告退却，失了灵魂，而只剩下它的躯壳了。旧的资产阶级民主主义文化，在帝国主义时代，已经腐化，已经无力了，它的失败是必然的。"(《新民主主义论》) 鲁迅的《琐记》，从一个侧面对这一光辉论述作了形象的说明。

鲁迅把在两所学堂的学业，借用唐人白居易的两句诗作了生动的总结："上穷碧落下黄泉，两处茫茫皆不见。"革命的真理和道路在哪里呢？"所余的还只有一条路：到外国去。"鲁迅继续迈出了他坚定的步伐。

最后，文章便转入介绍出国前的准备工作，稍带把一些前辈留学生的可笑言行做了一番描写，为下一篇《藤野先生》埋下伏笔，同时也作为一种过渡。的确，从南京到东京，这是作者生活道路的又一转折，他的思想又将产生一次深刻的变化。

《琐记》以高度的艺术概括力，生动明晰地描绘出作者在寻求革命道路上勇往直前的图画，给我们以深刻的思想教育。《琐记》生动地反映了鲁迅青年时代的革命精神。正因为有这种精神，所以他在长期的革命实践中，在刻苦学习马克思主义过程中，用笔参加了，中国共产党所领导的新民主主义革命斗争，最终成为一个伟大的共产主义战士。

在这篇文章里，鲁迅用他那支锋利而泼辣的笔，不时地刺到"正人君子"陈西滢之流的痛处，抨击现实的黑暗，触及时事。如讲到衍太太的流言时，鲁迅写道："流言的来源，我是明白的，倘是现在，只要有地方发表，我总要骂出流言家的狐狸尾巴来"。

在写到水师学堂的"乌烟瘴气"时，又点到了"正人君子"的流言蜚语。辛辣的讽刺，如匕首投枪，直刺敌人的胸膛。

《琐记》这篇传记式的散文具有鲜明的艺术特色。

《琐记》给人的第一个感觉是"琐记不琐"。文章以小见大，形象而深刻地反映了时代的风云。粗略看去，文章似乎只是记叙作者求学的经过，但透过那朴素的叙述，作者却向人们提出了一个关系祖国前途命运的具有时代意义的大问题——怎样才能救中国？文章所写的事件都紧紧围绕这一中心思想，批判了洋务运动和资产阶级改良主义的腐朽，说明它们无法拯救中国，要救国就必须另寻新途。

这篇散文的又一特色是议论很少，而感情色彩却十分强烈。从叙述中揭示出事物的本质，自然而然地表露出作者鲜明的思想倾向。在刻画人物形象方面，它不像描写藤野先生、范爱农那样，从外表到内心用细腻的笔触，而是用对话和事件简洁而生动地勾勒出人物的思想灵魂。对衍太太这个人物，作者只用了几个小事例就画出了她市侩的嘴脸，并不描写人物的模样，却能使读者看了对话便好像目睹了说话的"人"。写那些"螃蟹式的名公巨卿"，也只用"挟着一堆厚而且大的洋书，气昂昂地走着"，"便是空着手，也一定将肘弯撑开"，寥寥数语，轻轻一点，"螃蟹态度"便如在眼前。

藤野先生[1]

「 写作背景 」

本文在 1926 年 10 月 12 日写于厦门大学，它记叙了鲁迅 20 世纪初留学日本的一段经历，歌颂了日本仙台医校藤野先生的正直、热忱、没有民族偏见等优秀品质，抒发了作者对他真挚的情谊和深沉的怀念。同时，通过留日的几个生活片段，记叙了作者探索救国救民真理时的思想变化和弃医从文的经过，充分反映了鲁迅高度的爱国主义精神。

19 世纪末叶，黑暗的旧中国"山雨欲来风满楼"。清王朝封建统治的腐败，帝国主义魔爪的侵入，激起了人民的觉醒和反抗。随着 1898 年戊戌变法失

---

[1]本篇最初发表于 1926 年 12 月 10 日《莽原》半月刊第 1 卷第 23 期。

败，资产阶级改良派走向反动，接踵而起的资产阶级革命运动蓬勃发展，在革命浪潮的冲击下，清朝统治者为了维护其摇摇欲坠的封建统治，迫于形势，不得不采取一些改良主义措施，诸如废科举、办学堂、派留学生出国等。1901 年以后，留学一度成风，光 1904 年一年留日学生达 1300 多人，1906 年竟达 8000 人。这些留学生相当一部分是清朝统治者的政治工具。但是，也有一部分爱国志士，利用这一机会，到国外寻求救国真理，从事反清宣传，开展革命活动。日本东京就是当时的一个革命中心。正如毛泽东所指出的那样，"先进的人们，为了使国家复兴，不惜艰苦奋斗，寻找革命真理"。(《论人民民主专政》)

在这些先进的人们中间，鲁迅就是一个突出的代表。早在南京求学期间，他已感受到资产阶级改良主义的欺骗性。他怀着满腔爱国热忱，追求革命真理，结果是"上穷碧落下黄泉，两处茫茫皆不见"。于是，他决心到国外去，继续顽强地探索道路，寻找真理。1902 年 3 月，鲁迅考取官费赴日留学，1909 年离日回国。日本留学时期，是鲁迅的思想和生活道路发展极其重要的一个阶段。《藤野先生》一文就是这一时期的艺术记录。它对于研究作者思想的发展提供了极为宝贵的资料，同时，又是一篇文情并茂、脍炙人口的写人物为主的散文。作者描写了一个感人的藤野先生的形象，并通过对他的回忆抒发了"不克厥敌，战则不止"的战斗豪情。

东京也无非是这样。上野[2]的樱花烂熳的时节，望去确也像绯（fēi）红的轻云，但花下也缺不了成群结队的"清国留学生"的速成班[3]，头顶上盘着大辫子，顶得学生制帽的顶上高高耸起，形成一座富士山[4]。也有解散辫子，盘得平的，除下帽来，油光可鉴，宛如小姑娘的发髻一般，还要将脖子扭几扭。实在标致极了。

中国留学生会馆的门房里有几本书买，有时还值得去一转；倘在上午，里面的几间洋房里倒也还可以坐坐的。但到傍晚，有一间的地板便常不免要咚咚咚地响得震天，兼以满房烟尘斗乱；问问精通时事的人，答道，"那是在学跳舞。"

到别的地方去看看，如何呢？

我就往仙台[5]的医学专门学校去。从东京出发，不久

[2]上野：日本东京的公园，以樱花著名。

[3]速成班：指东京弘文学院速成班；当时初到日本的我国留学生，一般先在这里学习日语。

[4]富士山：日本最高的山峰，著名火山，位于本州岛中南部。

[5]仙台：日本本州岛东北部的城市，宫城县首府。1904年至1906年作者曾在这里习医。

便到一处驿站，写道：日暮里。不知怎地，我到现在还记得这名目。其次却只记得水户[6]了，这是明的遗民朱舜水[7]先生客死的地方。仙台是一个市镇，并不大；冬天冷得利害；还没有中国的学生。

大概是物以希为贵罢。北京的白菜运往浙江，便用红头绳系住菜根，倒挂在水果店头，尊为"胶菜"；福建野生着的芦荟，一到北京就请进温室，且美其名曰"龙舌兰"。我到仙台也颇受了这样的优待，不但学校不收学费，几个职员还为我的食宿操心。我先是住在监狱旁边一个客店里的，初冬已经颇冷，蚊子却还多，后来用被盖了全身，用衣服包了头脸，只留两个鼻孔出气。在这呼吸不息的地方，蚊子竟无从插嘴，居然睡安稳了。饭食也不坏。但一位先生却以为这客店也包办囚人的饭食，我住在那里不相宜，几次三番，几次三番地说。我虽然觉得客店兼办囚人的饭食和我不相干，然而好意难却，也只得别寻相宜的住处了。于是搬到别一家，离监狱也很远，可惜每天总要喝难以下咽的芋梗汤[8]。

从此就看见许多陌生的先生，听到许多新鲜的讲义。

---

[6]水户：日本本州岛东部的城市，位于东京与仙台之间，旧为水户藩的都城。

[7]朱舜水（1600—1682）：名之瑜，号舜水，浙江余姚人。明清之际的思想家。明亡后曾进行反清复明活动，失败后长住日本讲学，客死水户。

[8]芋梗汤：日本人用芋梗等物和酱料做成的汤。

解剖学是两个教授分任的。最初是骨学。其时进来的是一个黑瘦的先生，八字须，戴着眼镜，挟着一迭大大小小的书。一将书放在讲台上，便用了缓慢而很有顿挫的声调，向学生介绍自己道：——

"我就是叫作藤野严九郎[9]的……。"

后面有几个人笑起来了。他接着便讲述解剖学在日本发达的历史，那些大大小小的书，便是从最初到现今关于这一门学问的著作。起初有几本是线装的；还有翻刻中国译本的，他们的翻译和研究新的医学，并不比中国早。

那坐在后面发笑的是上学年不及格的留级学生，在校已经一年，掌故颇为熟悉的了。他们便给新生讲演每个教授的历史。这藤野先生，据说是穿衣服太模胡了，有时竟会忘记带领结；冬天是一件旧外套，寒颤颤的，有一回上火车去，致使管车的疑心他是扒手，叫车里的客人大家小心些。

他们的话大概是真的，我就亲见他有一次上讲堂没有带领结。

过了一星期，大约是星期六，他使助手来叫我了。到得研究室，见他坐在人骨和许多单独的头骨中间，——他

---

[9]藤野严九郎（1874—1945）：日本福井县人。1896年在爱知县立医学专门学校毕业后，即在该校任教；1901年转任仙台医学专门学校讲师，1904年升任教授；1915年回乡自设诊所，受到当地群众的尊敬。鲁迅逝世后他曾作《谨忆周树人君》一文（载日本《史学指南》1937年3月号）。

其时正在研究着头骨，后来有一篇论文在本校的杂志上发表出来。

"我的讲义，你能抄下来么？"他问。

"可以抄一点。"

"拿来我看！"

我交出所抄的讲义去，他收下了，第二三天便还我，并且说，此后每一星期要送给他看一回。我拿下来打开看时，很吃了一惊，同时也感到一种不安和感激。原来我的讲义已经从头到末，都用红笔添改过了，不但增加了许多脱漏的地方，连文法的错误，也都一一订正。这样一直继续到教完了他所担任的功课：骨学、血管学、神经学。

可惜我那时太不用功，有时也很任性。还记得有一回藤野先生将我叫到他的研究室里去，翻出我那讲义上的一个图来，是下臂的血管，指着，向我和蔼（ǎi）的说道：——

"你看，你将这条血管移了一点位置了。——自然，这样一移，的确比较的好看些，然而解剖图不是美术，实物是那么样的，我们没法改换它。现在我给你改好了，以后你要全照着黑板上那样的画。"

但是我还不服气，口头答应着，心里却想道：——

"图还是我画的不错；至于实在的情形，我心里自然记得的。"

学年试验完毕之后，我便到东京玩了一夏天，秋初再回学校，成绩早已发表了，同学一百余人之中，我在中间，不过是没有落第。这回藤野先生所担任的功课，是解剖实习和局部解剖学。

解剖实习了大概一星期，他又叫我去了，很高兴地，仍用了极有抑扬的声调对我说道：——

"我因为听说中国人是很敬重鬼的，所以很担心，怕你不肯解剖尸体。现在总算放心了，没有这回事。"

但他也偶有使我很为难的时候。他听说中国的女人是裹脚的，但不知道详细，所以要问我怎么裹法，足骨变成怎样的畸形，还叹息道，"总要看一看才知道。究竟是怎么一回事呢？"

有一天，本级的学生会干事到我寓里来了，要借我的讲义看。我检出来交给他们，却只翻检了一通，并没有带走。但他们一走，邮差就送到一封很厚的信，拆开看时，第一句是：——

"你改悔罢！"

这是《新约》[10]上的句子罢，但经托尔斯泰[11]新近引

---

[10]《新约》：《新约全书》的简称，基督教《圣经》的后一部分。内容主要是记载耶稣及其门徒的言行。

[11]托尔斯泰（л.н.Толстой，1828—1910）：俄国作家。著有长篇小说《战争与和平》《安娜·卡列尼娜》《复活》等。下文所说他写给俄国和日本皇帝的信，登在1904年6月27日伦敦《泰晤士报》；两个月后，译载于日本《平民新闻》。

用过的。其时正值日俄战争[12]，托老先生便写了一封给俄
国和日本的皇帝的信，开首便是这一句。日本报纸上很斥
责他的不逊，爱国青年也愤然，然而暗地里却早受了他的
影响了。其次的话，大略是说上年解剖学试验的题目，是
藤野先生讲义上做了记号，我预先知道的，所以能有这样
的成绩。末尾是匿名。

我这才回忆到前几天的一件事。因为要开同级会，干
事便在黑板上写广告，末一句是"请全数到会勿漏为要"，
而且在"漏"字旁边加了一个圈。我当时虽然觉到圈得可笑，
但是毫不介意，这回才悟出那字也在讥刺我了，犹言我得
了教员漏泄出来的题目。

我便将这事告知了藤野先生；有几个和我熟识的同学
也很不平，一同去诘（jié，追问；谴责、问罪）责干事托
辞检查的无礼，并且要求他们将检查的结果，发表出来。
终于这流言消灭了，干事却又竭力运动，要收回那一封匿
名信去。结末是我便将这托尔斯泰式的信退还了他们。

中国是弱国，所以中国人当然是低能儿，分数在六十
分以上，便不是自己的能力了：也无怪他们疑惑。但我接
着便有参观枪毙中国人的命运了。第二年添教霉菌学，细

---

[12]日俄战争：指1904年2月至1905年9月，日本帝国主义和沙皇俄国为争夺
在我国东北地区和朝鲜的侵略权益而进行的一次帝国主义战争。这次战争主要在
我国境内进行，使我国人民遭受巨大的灾难。

菌的形状是全用电影[13]来显示的，一段落已完而还没有到下课的时候，便影几片时事的片子，自然都是日本战胜俄国的情形。但偏有中国人夹在里边：给俄国人做侦探，被日本军捕获，要枪毙了，围着看的也是一群中国人；在讲堂里的还有一个我。

"万岁！"他们都拍掌欢呼起来。

这种欢呼，是每看一片都有的，但在我，这一声却特别听得刺耳。此后回到中国来，我看见那些闲看枪毙犯人的人们，他们也何尝不酒醉似的喝彩，——呜呼，无法可想！但在那时那地，我的意见却变化了。

到第二学年的终结，我便去寻藤野先生，告诉他我将不学医学，并且离开这仙台。他的脸色仿佛有些悲哀，似乎想说话，但竟没有说。

"我想去学生物学，先生教给我的学问，也还有用的。"其实我并没有决意要学生物学，因为看得他有些凄然，便说了一个慰安他的谎话。

"为医学而教的解剖学之类，怕于生物学也没有什么大帮助。"他叹息说。

将走的前几天，他叫我到他家里去，交给我一张照相，后面写着两个字道："惜别"，还说希望将我的也送他。但

---

　　[13]电影：这里指幻灯片。

我这时适值没有照相了；他便叮嘱我将来照了寄给他，并且时时通信告诉他此后的状况。

我离开仙台之后，就多年没有照过相，又因为状况也无聊，说起来无非使他失望，便连信也怕敢写了。经过的年月一多，话更无从说起，所以虽然有时想写信，却又难以下笔，这样的一直到现在，竟没有寄过一封信和一张照片。从他那一面看起来，是一去之后，杳无消息了。

但不知怎地，我总还时时记起他，在我所认为我师的之中，他是最使我感激，给我鼓励的一个。有时我常常想：他的对于我的热心的希望，不倦的教诲，小而言之，是为中国，就是希望中国有新的医学；大而言之，是为学术，就是希望新的医学传到中国去。他的性格，在我的眼里和心里是伟大的，虽然他的姓名并不为许多人所知道。

他所改正的讲义，我曾经订成三厚本，收藏着的，将作为永久的纪念。不幸七年前迁居[14]的时候，中途毁坏了一口书箱，失去半箱书，恰巧这讲义也遗失在内了。责成运送局去找寻，寂无回信。只有他的照相至今还挂在我北京寓居的东墙上，书桌对面。每当夜间疲倦，正想偷懒时，仰面在灯光中瞥见他黑瘦的面貌，似乎正要说出抑扬顿挫的话来，便使我忽又良心发现，而且增加勇气了，于是点

---

[14]七年前迁居：指 1919 年 12 月作者从绍兴搬家到北京。

上一枝烟，再继续写些为"正人君子"之流所深恶痛疾的文字。

十月十二日

赏析阅读

本文开头写鲁迅在东京的见闻，以及他为什么要离开东京的原因；接着着重写藤野先生，并写了"我"在仙台的生活和思想。这是文章的主要部分。最后写离别藤野先生后的心情。文章里藤野先生和"我"的形象都十分鲜明，两个形象又是息息相关的。为了叙述方便起见，下面分头来谈一谈。

写藤野先生的初次出现，着重刻画藤野先生的富有特征性的东西："黑瘦"脸孔，八字须，戴着眼镜，用"缓慢而很有顿挫的声调"讲话，上课时"挟着一迭大大小小的书"。从这些简朴的描述中，可以看出藤野先生是一位作风朴实、治学严谨的学者。接着通过别人的谈论，间接地表现他的一些性格特点。写他因为衣着"太模胡"，冬天只穿一件旧外套，寒颤颤的，一次在火车上竟被人误为"扒手"。这件事，出自不及格的留级生之口，却更好地反衬出藤野先生衣着俭朴和不拘小节的生活作风，专心致志从事教学和科研的刻苦的工作精神。作者着重写了三件事，体现藤野先生留给他的直接印象。第一是耐心细致地纠正鲁迅讲义上的错误；第二是引导鲁迅要以实事求是的态度对待科学；第三是关心鲁迅的解剖实习。拿第一件事来说，刚见面的第一周，藤野先生就特意把鲁迅叫到身边，仔细询问学习情况，认真批改讲义。他对中国青年的深切关怀和诲人不倦的精神使人深受感动。此外，他在纠正鲁迅所画的解剖上的错误，也表现出一丝不苟、循循善诱的精神和实事求是的科学态度。

然而，鲁迅并不是单纯地把藤野先生写成一个严肃认真的学者和师长，而是热情赞扬他对中国人民的友好感情，对中国青年的关怀。藤野先生对鲁迅的"热心的希望，不倦的教诲"，不是出于个人的因素或狭隘的动机，而是服从一个远大的目标。这个目标"小而言之，是为中国，就是希望中国有新的医学；大而言之，是为学术，就是希望新的医学传到中国去。"这一点，正是鲁迅对他最心悦诚服之处。藤野先生是一个平凡的日本教师，"他的姓名并不为许多人所知道"，然而，他的这种精神，在鲁迅的"眼里和心里是伟大的"。从这里可以看出，藤野先生身上体现了日本人民对中国人民的深厚的友谊，他是日本友好人士的代表。他们的关系，生动地反映了中日两国人民传统的可贵友谊。

正因为这样，作者写告别藤野先生的情景，令人深为感动。当鲁迅将放弃医学的决定告诉藤野先生时，他感到十分惋惜，虽是惋惜，但还是尊重鲁迅的志愿。这种矛盾的心情使得他"脸色仿佛有些悲哀，似乎想说话，但竟没有说"。这就更显出难过之甚。末了，他又特地把鲁迅叫到身边，赠以亲笔书写"惜别"两字的照片，还叮嘱鲁迅时时保持联系。

文章结尾写离别后，作者对藤野先生的崇敬、怀念的感情以及他对自己的激励。作者写道："每当夜间疲倦，正想偷懒时，仰面在灯光中瞥见他黑瘦的面貌，似乎正要说出抑扬顿挫的话来，便使我忽又良心发现，而且增加勇气了，于是点上一枝烟，再继续写些为'正人君子'之流所深恶痛疾的文字。"这段话，感情深挚，寓意深远。使这篇文章的思想意义深化了。这时鲁迅正在同反动军阀及其走狗"现代评论派"的"正人君子"之流作顽强的、毫不妥协的斗争。藤野先生他那质朴正直的性格，广大宽阔的胸怀，他那"为中国""为科学"的思想，和"正人君子"之流无疑是个鲜明的对比。在这里，作者把缅怀师友同勇战顽敌联系起来，把历史的回顾同现实的战斗结合起来，有机地融为一体。这最后的一段，确是作者的"点睛"之笔。在《朝花夕拾》的其他篇章里，类似这样的范例是屡见不鲜的。

从以上分析可以看出，鲁迅是怀着崇敬和怀念的心情来赞颂藤野先生的。为什么鲁迅会如此倾心地来歌颂一位异国的老师呢？这除了藤野先生的精神感动鲁迅以外，还同作者在日本时期的思想状况有着密切的关系。因此，认真分析一下"我"的形象，对于进一步把握文章的主题思想是十分重要的。

作品中"我"的形象，似乎处于次要地位。其实不然。可以这么说，"我"的形象同藤野先生的形象交相辉映，共同体现一个中心思想。

文章的第一部分写"我"到东京后的见闻，生动地记叙了在东京的"清国留学生"的丑闻怪事，表达了他的憎恶之情，从而反映了作者坚持不懈寻找救国真理的奋斗精神。

如前所说，鲁迅是怀着满腔的爱国热情出国留学的，他之所以选择医学，完全是出于救国救民的愿望。在《呐喊·自序》里，鲁迅说：当时知道"日本维新大半发端于西方医学的事实"，"我的梦很美满，预备卒业回来，救活像我父亲似的被误的病人的疾苦，战争时候便去当军医，一面又促进了国人对于维新的信仰。"这表现青年时代的鲁迅具有崇高的爱国主义情操。而那般"清国留学生"之出国留学，完全是为了"出洋镀金"，替自己寻找一条升官发财的终南捷径，这就无怪于他们到东京后丑态百出，洋相毕露。作者还用讽刺的笔调，写了他们头上顶着"富士山""油光可鉴"的怪样，活灵活现地勾勒出置民族危亡于不顾的留学生的面影，对他们醉生梦死的丑恶灵魂进行了无情的鞭笞。

文章劈头一句："东京也无非是这样。"总括全段，把此时此地作者的心情包囊尽净。先前，鲁迅对留学还寄托一点希望，但一旦接触现状，不禁深为失望。从这句话里，读者可以想见青年鲁迅当时的矛盾复杂的心情。由东京想到故国，遥望大洋彼岸，山河破碎，人民受难，怎不叫人痛心疾首？作者从清国留学生身上而引起的感慨、愤懑的情绪，集中地表露出深沉的爱国爱民的思想。

但是，青年爱国者鲁迅从不被恶劣的环境所围，一刻也没有停止过前进的步伐。"我"决心寻找一条同清国留学生们相反的道路。这就是他离开东京去仙台的缘故。接着写"我"去仙台时途经日本水户，特地下车去瞻仰明代民族英雄朱舜水的遗迹。通过这件事深沉地表达了他的爱国热忱。到仙台，先是介绍饮食起居情况。写"我"在初冬里如何战胜蚊子的"包围"，写"我"住在监狱旁边的简陋的客店，而这家客店又是兼办囚人的饮食的，与自己一点"不相干"。可见，"我"把全副心思都用于为祖国学本领上，毫不计较个人的生活条件，这精神多么动人！然而，"我"却又谦虚自处，把自己在仙台得到日本教师的优待看作是"物以希为贵"的缘故，从这句自谦之词可以看出作者的开阔胸襟。这和那些自以为奇货可居的"清国留学生"是一个极好的对照。后来，鲁迅认识了藤野先生，得到他亲切的教诲。然而，就在仙台医专，他遭到了怀有民族偏见的日本学生的打击，他经受了一次次严峻的锻炼，引起他整个思想和生活道路的变化。

其间，鲁迅经历了两件事，一是"匿名信事件"，二是"电影事件"。

一些受日本军国主义宣传影响的日本学生，歧视作为弱国的中国人，因鲁迅考试成绩中等，竟无端怀疑藤野先生向鲁迅走漏了试题。他们先是托词检查鲁迅的笔记，又用影射手法进行讽刺挖苦，甚至最后寄匿名信威胁鲁迅。这给鲁迅以极大的刺激。他意识到这正是一种民族歧视和民族压迫的表现，因为中国贫穷落后，因而中国人也被视为"低能儿"，鲁迅深感作为弱国人民的痛苦。但鲁迅决不屈服，当他接到匿名信后，便当面"诘责"，责成对方检查。鲁迅勇敢地捍卫了民族尊严，表现了敢于斗争的大无畏精神和崇高的爱国主义精神。

第二年，鲁迅看到关于日俄战争时日本人杀中国人的电影。日俄战争是帝国主义之间争夺中国殖民地的不义之战，中国人参与其间，成了替罪羊，本已十分可悲。日本帝国主义为了宣传战胜俄国的情况，赤裸裸地宣扬军国主义，杀戮中国人民，已是十分可恨。但影片中竟还有一大群中国人前来"鉴赏"这杀人的"盛举"，课堂上的日本学生又竟发出"万岁"的欢呼声。这"欢呼声"特别刺耳，鲁迅为这些中国人的麻木到可怕的精神状态而深感沉痛，禁不住发出"呜呼，无法可想！"的悲愤的感叹。鲁迅经受这个刺激，他的"意见"终于"变化了"。鲁迅感到，要拯救祖国，必须从改造人们的精神入手，必须改变人民的思想，从而打破了他学医救国的幻想。鲁迅的思想终于发生了一次极大的变化，毅然决定弃医从文。他为了人民的利益、祖国的前途，勇敢地拿起文艺的武器。这一具有深远意义的变化，鲁迅后来在《呐喊·自序》里这样写道："凡是愚弱的国民，即使体格如何健全，如何茁壮，也只能做毫无意义的示众的材料和看客，……所以我们的第一要著，是在改变他们的精神，而善于改变精神的是，我那时以为当然要推文艺，于是想提倡文艺运动了。"虽然当时鲁迅还不能用马克思主义的观点来看待文艺在整个革命事业中的地位和作用，但是，这一立志改变人民精神的行动乃是作者在寻求救国真理道路上的一个大跃进，也是当时革命民主主义者所忽略了的问题。它体现了鲁迅的深刻见解和革命精神。

了解鲁迅思想演进的过程，对于理解作品中的藤野先生形象和全文的中心思想，大有帮助。作者之所以热情地歌颂藤野先生，是同他深沉而强烈的爱国主义思想、始终不息地寻求救国真理的坚强意志息息相关的。藤野先生丝毫没有狭隘的民族偏见，始终以友好平等的态度，帮助一个贫穷落后、任人宰割的旧中国的青年学生。这怎能不使鲁迅深受感动？藤野先生的这种精神，正是彻底的革命民主主义者鲁迅引起思想共鸣的根本之点。当然，鲁迅的爱国主义同样是摆脱了狭隘的民族主义的，因此在"为中国"这一点上，他们的心紧紧相连。在这个意义上说，鲁迅歌颂藤野先生，实际上是间接地抒发自己的爱国主义思想感情，反过来，作者在表达自己的爱国主义思想感情时，实际上正是在烘托藤野先生的形象，这两方面是和谐地交融在一起的。

《藤野先生》是鲁迅散文中的名篇，它不仅以深邃的思想感动读者，还以清新优美的艺术给读者留下难以磨灭的印象。

关于艺术特点，我们先看一看作者是如何处理两个形象的。在《朝花夕拾》中，专门写人的文章还有几篇，但另外的几篇，大都只记叙一个人物，而本文在不长的篇幅里，却把两个形象写得栩栩如生，扣人心弦，有主有次，交相辉映。文章按时间顺序，把前后事件联结起来，先写东京，次写仙台，再写离开仙台，突出在仙台的时期，尤其是"我"同藤野先生接触的一段，其中又选择几件有意义的事，集中地加以表现。这样，既突出了藤野先生，又再现了"我"在日本时期活动的概貌。故文章事件层出，但有条不紊，人物活动交叉，却不离中心，做到形散而神不散。

在刻画人物方面，鲁迅向来喜爱用中国传统的"白描"法，藤野先生形象的描绘是运用这种方法的好例子。作者匠心独运，使人物声态毕肖，不见斧凿痕迹。回顾往事，似故友谈闲，而感情却深蕴其中，描摹人物，像信手拈来，形象却跃然纸上。请看藤野先生的出场："解剖学是两个教授分任的。最初是骨学。其时进来的是一个黑瘦的先生，八字须，戴着眼镜，挟着一迭大大小小的书。"没有气氛的渲染，没有场景的描述，而是单刀直入，用极精练的语言，一下子把藤野先生介绍给读者，简明、利索、自然、朴素。作者还善于抓住富有特征性的东西，用以突出人物的思想性格。譬如，文章不止一次强调藤野先生用"缓慢而很有顿挫的声调"讲话。这就表现了他作风性格之严谨、认真，又很带个性特征。

此外，作者巧妙地运用对比的手法。"我"同"清国留学生"，藤野先生同有民族偏见的日本学生。这对比使人物形象的色彩更加鲜明，形象的内涵更加丰富。而这对比，不是追求人物外形的对比，而是着力于内在思想的对比。如"我"同"清国留学生"的对比中，虽然"我"并无多少实际活动，但留学生于祖国前途危亡于不顾，一味寻欢作乐，与鲁迅立志拯救祖国、解放人民的宏伟志愿形成了强烈的对比，更突出了全文的主题。

　　语言的基调是朴素、自然、简练、平静。以含蓄深沉表现强烈、炽热的感情。如写藤野先生批改鲁迅的讲义："原来我的讲义已经从头到末，都用红笔添改过了，不但增加了许多脱漏的地方，连文法的错误，也都一一订正。"这里没有铺排描绘，但藤野先生细致认真严肃的作风和对鲁迅的深切关怀跃然纸上，鲁迅对藤野先生的崇敬的心情力透纸背。又如："中国是弱国，所以中国人当然是低能儿，分数在六十分以上，便不是自己的能力了：也无怪他们疑惑。"这里没有激烈的言辞，但鲁迅深感作为弱国人民的痛苦、对日本军国主义宣传的愤怒却已表现俱足，深沉含蓄而强烈炽热的爱国主义感情，扣动读者的心弦。

范爱农

范爱农 [1]

「 写作背景 」

    在反清的激烈的阶级斗争这样一个历史背景下，鲁迅把范爱农介绍给读者。东京留学时期，在一个同乡会上，对徐锡麟被杀事件，要不要打电报到北京痛斥清政府惨无人道的罪行和由谁来拟电稿这两件事，范爱农同鲁迅发生了争执。他像"故意似的"一再反对鲁迅的意见，因而引起了鲁迅的"愤怒"，觉得这"离奇"的范爱农"不是人"，身为徐锡麟的学生，"自己的先生被杀了，连打个电报还害怕"，所以"要革命，首先就必须将范爱农除去"。——这是鲁迅对范爱农的最初印象。

---

[1] 本篇最初发表于 1926 年 12 月 25 日《莽原》半月刊第 1 卷第 24 期。

在东京的客店里，我们大抵一起来就看报。学生所看的多是《朝日新闻》和《读卖新闻》[2]，专爱打听社会上琐事的就看《二六新闻》。一天早晨，辟头就看见一条从中国来的电报，大概是：——

"安徽巡抚[3]恩铭被 Jo ShikiRin 刺杀，刺客就擒。"

大家一怔之后，便容光焕发地互相告语，并且研究这刺客是谁，汉字是怎样三个字。但只要是绍兴人，又不专看教科书的，却早已明白了。这是徐锡麟[4]，他留学回国之后，在做安徽候补道[5]，办着巡警事物，正合于刺杀巡抚的地位。

大家接着就预测他将被极刑，家族将被连累。不久，

---

[2]《朝日新闻》和《读卖新闻》：都是日本资产阶级报纸。下文的《二六新闻》应为《二六新报》，以刊载耸人听闻的新闻报道著称。1907 年 7 月 8 日和 9 日的尔京《朝日新闻》，都载有报道徐锡麟刺杀恩铭一案的新闻。

[3]巡抚：清代的省级最高官员。

[4]徐锡麟（1873—1907）：字伯荪，浙江绍兴人。清末革命团体光复会的重要成员。1905 年，在绍兴创办大通师范学堂，培植反清革命骨干。1906 年春，为便于从事革命活动，筹资捐了候补道，同年秋被分发到安徽；1907 年与秋瑾（jǐn）准备在浙皖两省同时起义，7 月 6 日（清光绪三十三年五月二十六日），他以安徽巡警处会办兼巡警学堂监督身份为掩护，乘巡警学堂举行毕业典礼之机，刺杀安徽巡抚恩铭，并率少数学生攻占军械所，弹尽被捕，当天即遭杀害。

[5]候补道：候补道员。道员是清代官名，分总管省以下、府州以上一个行政区域职务的道员和专管一省特定职务的道员。据清代官制，通过科举或捐纳等途径取得道员官衔，但不一定有实际职务。一般没有实际职务的道员，由吏部抽签分发到某部或某省，听候差委，称为候补道。

秋瑾[6]姑娘在绍兴被杀的消息也传来了，徐锡麟是被挖了心，给恩铭的亲兵炒食净尽。人心很愤怒。有几个人便秘密地开一个会，筹集川资；这时用得着日本浪人[7]了，撕乌贼鱼下酒，慷慨一通之后，他便登程去接徐伯荪的家属去。

照例还有一个同乡会，吊烈士，骂满洲；此后便有人主张打电报到北京，痛斥满政府的无人道。会众即刻分成两派：一派要发电，一派不要发。我是主张发电的，但当我说出之后，即有一种钝滞的声音跟着起来：——

"杀的杀掉了，死的死掉了，还发什么屁电报呢。"

这是一个高大身材，长头发，眼球白多黑少的人，看人总像在渺（miǎo）视。他蹲在席子上，我发言大抵就反对；我早觉得奇怪，注意着他的了，到这时才打听别人：说这话的是谁呢，有那么冷？认识的人告诉我说：他叫范爱农[8]，是徐伯荪的学生。

我非常愤怒了，觉得他简直不是人，自己的先生被杀了，

---

　　[6]秋瑾（1879？—1907）：字璇卿，号竞雄，别署鉴湖女侠，浙江绍兴人。1904年赴日本留学，积极参加留日学生的革命活动，先后加入光复会、同盟会。1906年春回国。1907年在绍兴主持大通师范学堂，组织光复军，和徐锡麟分头准备在安徽、浙江两省起义。徐锡麟起义失败后，秋瑾亦被清政府逮捕，同年7月15日（清光绪三十三年六月初六）在绍兴轩亭口就义。

　　[7]日本浪人：指日本幕府时代失去禄位、四处流浪的武士。江户时代（1603—1867），随着幕府体制的瓦解，一时浪人激增。他们无固定职业，常受雇于人，从事各种好勇斗狠的活动，日本帝国主义向外侵略时，就常以浪人为先锋。

　　[8]范爱农（1882—1912）：名肇基，字斯年，号爱农，浙江绍兴人。1912年7月10日与绍兴《民兴日报》友人游湖时溺亡。

连打一个电报还害怕，于是便坚执地主张要发电，同他争起来。结果是主张发电的居多数，他屈服了。其次要推出人来拟电稿。

"何必推举呢？自然是主张发电的人啰——。"他说。

我觉得他的话又在针对我，无理倒也并非无理的。但我便主张这一篇悲壮的文章必须深知烈士生平的人做，因为他比别人关系更密切，心里更悲愤，做出来就一定更动人。于是又争起来。结果是他不做，我也不做，不知谁承认做去了；其次是大家走散，只留下一个拟稿的和一两个干事，等候做好之后去拍发。

从此我总觉得这范爱农离奇，而且很可恶。天下可恶的人，当初以为是满人，这时才知道还在其次；第一倒是范爱农。中国不革命则已，要革命，首先就必须将范爱农除去。

然而这意见后来似乎逐渐淡薄，到底忘却了，我们从此也没有再见面。直到革命的前一年，我在故乡做教员，大概是春末时候罢，忽然在熟人的客座上看见了一个人，互相熟视了不过两三秒钟，我们便同时说：——

"哦哦，你是范爱农！"

"哦哦，你是鲁迅！"

不知怎地我们便都笑了起来，是互相的嘲笑和悲哀。他眼睛还是那样，然而奇怪，只这几年，头上却有了白发了，但也许本来就有，我先前没有留心到。他穿着很旧的布马褂，破布鞋，显得很寒素。谈起自己的经历来，他说他后来没有了学费，不能再留学，便回来了。回到故乡之后，又受着轻蔑，排斥，迫害，几乎无地可容。现在是躲在乡下，教着几个小学生糊口。但因为有时觉得很气闷，所以也趁了航船进城来。

他又告诉我现在爱喝酒，于是我们便喝酒。从此他每一进城，必定来访我，非常相熟了。我们醉后常谈些愚不可及的疯话，连母亲偶然听到了也发笑。一天我忽而记起在东京开同乡会时的旧事，便问他：——

"那一天你专门反对我，而且故意似的，究竟是什么缘故呢？"

"你还不知道？我一向就讨厌你的，——不但我，我们。"

"你那时之前，早知道我是谁么？"

"怎么不知道。我们到横滨[9]，来接的不就是子英[10]和你么？你看不起我们，摇摇头，你自己还记得么？"

我略略一想，记得的，虽然是七八年前的事。那时是子英来约我的，说到横滨去接新来留学的同乡。汽船一到，看见一大堆，大概一共有十多人，一上岸便将行李放到税

---

[9]横滨：日本本州岛中南部港口城，神奈川县首府。在东京湾西岸。

[10]子英：陈汀潘（1880—1950），浙江绍兴人。

关上去候查检，关吏在衣箱中翻来翻去，忽然翻出一双绣花的弓鞋来，便放下公事，拿着仔细地看。我很不满，心里想，这些鸟男人，怎么带这东西来呢。自己不注意，那时也许就摇了摇头。检验完毕，在客店小坐之后，即须上火车。不料这一群读书人又在客车上让起坐位来了，甲要乙坐在这位子，乙要丙去坐，做揖未终，火车已开，车身一摇，即刻跌倒了三四个。我那时也很不满，暗地里想：连火车上的坐位，他们也要分出尊卑来……。自己不注意，也许又摇了摇头。然而那群雍容揖让的人物中就有范爱农，却直到这一天才想到。岂但他呢，说起来也惭愧，这一群里，还有后来在安徽战死的陈伯平[11]烈士，被害的马宗汉[12]烈士；被囚在黑狱里，到革命后才见天日而身上永带着匪刑的伤痕的也还有一两人。而我都茫无所知，摇着头将他们一并运上东京了。徐伯荪虽然和他们同船来，却不在这车上，因为他在神户[13]就和他的夫人坐车走了陆路了。

我想我那时摇头大约有两回，他们看见的不知道是那

---

[11]陈伯平（1882—1907）：名渊，自号"光复子"，浙江绍兴人。他是大通师范学堂的学生，曾两次赴日本学警务和制造炸弹。1907年6月与马宗汉同赴安徽参加徐锡麟的起义活动；起事时在军械所的战斗中阵亡。

[12]马宗汉（1884—1907）：字子畦，浙汀余姚人。1905年去日本留学，次年回国；1907年6月赴安徽参加徐锡麟的起义活动；起事中据守军械所，弹尽被捕，备受酷刑后于8月24日就义。

[13]神户：日本本州岛四南部港口城市，兵库县首府。在大阪湾西北岸。

一回。让坐时喧闹，检查时幽静，一定是在税关上的那一回了，试问爱农，果然是的。

"我真不懂你们带这东西做什么？是谁的？"

"还不是我们师母的？"他瞪着他多白的眼。

"到东京就要假装大脚，又何必带这东西呢？"

"谁知道呢？你问她去。"

到冬初，我们的景况更拮据了，然而还喝酒，讲笑话。忽然是武昌起义[14]，接着是绍兴光复[15]。第二天爱农就上城来，戴着农夫常用的毡帽，那笑容是从来没有见过的。

"老迅，我们今天不喝酒了。我要去看看光复的绍兴。我们同去。"

我们便到街上去走了一通，满眼是白旗。然而貌虽如此，内骨子是依旧的，因为还是几个旧乡绅所组织的军政府，什么铁路股东是行政司长，钱店掌柜是军械司长……。这军政府也到底不长久，几个少年一嚷，王金发[16]带兵从杭州进来了，但即使不嚷或者也会来。他进来以后，也就

［14］武昌起义：即辛亥革命。1911年10月10日在武昌由同盟会等领导的推翻清王朝的武装起义。

［15］绍兴光复：据《中国革命记》第三册（1911年上海自南社编印）记载：辛亥九月十四日（1911年11月4日）"绍兴府闻杭州为民军占领，即日宣布光复"。

［16］王金发（1882—1915）：名逸，字季高，浙江嵊县人。浙东洪门会党平阳党的首领，后由光复会创始人陶成章介绍加入该会。1911年11月10日，他率领光复军进入绍兴，11日成立绍兴军政分府，自任都督。"二次革命"失败后，在1915年7月13日被袁世凯的走狗、浙江督军朱瑞杀害于杭州。

被许多闲汉和新进的革命党所包围，大做王都督[17]。在衙门里的人物，穿布衣来的，不上十天也大概换上皮袍子了，天气还并不冷。

我被摆在师范学校校长的饭碗旁边，王都督给了我校款二百元。爱农做监学，还是那件布袍子，但不大喝酒了，也很少有工夫谈闲天。他办事，兼教书，实在勤快得可以。

"情形还是不行，王金发他们。"一个去年听过我的讲义的少年来访我，慷慨地说，"我们要办一种报[18]来监督他们。不过发起人要借用先生的名字。还有一个是子英先生，一个是德清[19]先生。为社会，我们知道你决不推却的。"

我答应他了。两天后便看见出报的传单，发起人诚然是三个。五天后便见报，开首便骂军政府和那里面的人员；此后是骂都督，都督的亲戚、同乡、姨太太……。

这样地骂了十多天，就有一种消息传到我的家里来，说都督因为你们诈取了他的钱，还骂他，要派人用手枪来打死你们了。

别人倒还不打紧，第一个着急的是我的母亲，叮嘱我

---

[17]都督：官名。辛亥革命时为地方最高军政长官。以后改称督军。

[18]一种报：指《越铎日报》，1912年1月3日在绍兴创刊，1912年8月1日被捣毁。作者是该报发起人之一，并曾为撰写《＜越铎＞出世辞》(收入《集外集拾遗补编》)。

[19]德清：即孙德卿，浙江绍兴人。当时的一个开明绅士，曾参加反清革命运动。

不要再出去。但我还是照常走，并且说明，王金发是不来打死我们的，他虽然绿林大学[20]出身，而杀人却不很轻易。况且我拿的是校款，这一点他还能明白的，不过说说罢了。

果然没有来杀。写信去要经费，又取了二百元。但仿佛有些怒意，同时传令道：再来要，没有了！

不过爱农得到了一种新消息，却使我很为难。原来所谓"诈取"者，并非指学校经费而言，是指另有送给报馆的一笔款。报纸上骂了几天之后，王金发便叫人送去了五百元。于是乎我们的少年们便开起会议来，第一个问题是：收不收？决议曰：收。第二个问题是：收了之后骂不骂？决议曰：骂。理由是：收钱之后，他是股东；股东不好，自然要骂。

我即刻到报馆去问这事的真假。都是真的。略说了几句不该收他钱的话，一个名为会计的便不高兴了，质问我道：——

"报馆为什么不收股本？"

"这不是股本……"

"不是股本是什么？"

---

[20]绿林大学：西汉末年王匡、王凤等率领农民在绿林山（今湖北当阳市东北）起义，号"绿林军"；"绿林"的名称即起源于此，后来用以泛指聚集山林反抗官府或抢劫财物的人们。王金发曾领导浙东洪门会党半阳党，号称万人，故作者在这里戏称他是"绿林大学出身"。

　　我就不再说下去了，这一点世故是早已知道的，倘我再说出连累我们的话来，他就会面斥我太爱惜不值钱的生命，不肯为社会牺牲，或者明天在报上就可以看见我怎样怕死发抖的记载。

　　然而事情很凑巧，季茀（fú）[21] 写信来催我往南京了。爱农也很赞成，但颇凄凉，说：——

　　"这里又是那样，住不得。你快去罢……。"

　　我懂得他无声的话，决计往南京。先到都督府去辞职，自然照准，派来了一个拖鼻涕的接收员，我交出账目和余款一角又两铜元，不是校长了。后任是孔教会[22] 会长傅力臣。

　　报馆案[23] 是我到南京后两三个星期了结的，被一群兵们捣毁。子英在乡下，没有事；德清适值在城里，大腿上被刺了一尖刀。他大怒了。自然，这是很有些痛的，怪他

　　[21]季茀：许寿裳（1882—1948），字季茀，浙江绍兴人。教育家。作者留学日本弘文学院时的同学，后又在教育部、北京女子师范大学、广东中山大学等处同事多年。与作者交谊甚笃。著有《我所认识的鲁迅》《亡友鲁迅印象记》等。抗日战争胜利后，在台湾大学任教。由于他倾向民主和宣传鲁迅，致遭国民党反动派所忌，在1948年2月18日深夜被刺杀于台北。此处所说"写信来催我往南京"，是指他受当时教育总长蔡元培之托，邀作者去南京教育部任职。

　　[22]孔教会：一个为袁世凯窃国复辟服务的尊孔派组织，1912年10月在上海成立，次年迁北京。当时各地封建势力亦纷纷筹建此类组织。绍兴的孔教会会长傅力臣是前清举人，他同时兼任绍兴教育会会长和绍兴师范学校校长。

　　[23]报馆案：指王金发所部士兵捣毁《越铎日报》馆一案。时在1912年8月1日，作者早已于5月离开南京，随教育部迁到北京。这里说"是我到南京后两三个星期了结的"，记忆有误。

不得。他大怒之后，脱下衣服，照了一张照片，以显示一寸来宽的刀伤，并且做一篇文章叙述情形，向各处分送，宣传军政府的横暴。我想，这种照片现在是大约未必还有人收藏着了，尺寸太小，刀伤缩小到几乎等于无，如果不加说明，看见的人一定以为是带些疯气的风流人物的裸体照片，倘遇见孙传芳[24]大帅，还怕要被禁止的。

我从南京移到北京的时候，爱农的学监也被孔教会会长的校长设法去掉了。他又成了革命前的爱农。我想为他在北京寻一点小事做，这是他非常希望的，然而没有机会。他后来便到一个熟人的家里去寄食，也时时给我信，景况愈困穷，言辞也愈凄苦。终于又非走出这熟人的家不可，便在各处飘浮。不久，忽然从同乡那里得到一个消息，说他已经掉在水里，淹死了。

我疑心他是自杀。因为他是浮水的好手，不容易淹死的。

夜间独坐在会馆里，十分悲凉，又疑心这消息并不确，但无端又觉得这是极其可靠的，虽然并无证据。一点法子都没有，只做了四首诗[25]，后来曾在一种日报上发表，现

---

[24]孙传芳（1884—1935）：山东历城人。北洋直系军阀。1926年夏，他盘踞江浙等地时，曾以保卫礼教为由，下令禁止上海美术专门学校采用裸体模特儿。

[25]做了四首诗：作者悼范爱农的诗，实际上是三首。最初发表于1912年8月21日绍兴《民兴日报》，署名"黄棘"，后收入《集外集》。下面说的"一首"指第三首，其五六句是"此别成终古，从兹绝绪言"。

在是将要忘记完了。只记得一首里的六句,起首四句是:"把酒论天下,先生小酒人,大圜犹酩酊,微醉合沉沦。"中间忘掉两句,末了是"旧朋云散尽,余亦等轻尘。"

后来我回故乡去,才知道一些较为详细的事。爱农先是什么事也没得做,因为大家讨厌他。他很困难,但还喝酒,是朋友请他的。他已经很少和人们来往,常见的只剩下几个后来认识的较为年青的人了,然而他们似乎也不愿意多听他的牢骚,以为不如讲笑话有趣。

"也许明天就收到一个电报,拆开来一看,是鲁迅来叫我的。"他时常这样说。

一天,几个新的朋友约他坐船去看戏,回来已过夜半,又是大风雨,他醉着,却偏要到船舷上去小解。大家劝阻他,也不听,自己说是不会掉下去的。但他掉下去了,虽然能浮水,却从此不起来。

第二天打捞尸体,是在菱荡里找到的,直立着。

我至今不明白他究竟是失足还是自杀[26]。

他死后一无所有,遗下一个幼女和他的夫人。有几个人想集一点钱作他女孩将来的学费的基金,因为一经提议,即有族人来争这笔款的保管权,——其实还没有这笔款,

---

[26]是失足还是自杀:1912年夏历3月27日范爱农给作者信中,曾有"如此世界,实何生为? 盖吾辈生成傲骨,未能随波逐流,惟死而已。端无生理"等语。这应是作者怀疑他可能投湖自杀的原因之一。

大家觉得无聊，便无形消散了。

现在不知他唯一的女儿景况如何？倘在上学，中学已该毕业了罢。

十一月十八日

赏析阅读

在这篇散文里，作者怀着深挚的感情追忆革命友人范爱农。通过对他在辛亥革命前后的不幸遭遇的叙述，揭示了酿成他悲惨结局的社会原因，从而批判了辛亥革命的不彻底性和妥协性，揭露了反革命封建势力篡夺革命果实的罪行。本文触及如何在革命后，反对复辟倒退这一重要课题，总结了深刻的历史经验教训。

同前一篇《藤野先生》相似，本文也是以写人物为主的散文。作者通过一些典型事件，把范爱农的思想性格加以细致的刻画，记叙了他一生中一段重要的生活道路，给人留下难忘的印象。

鲁迅笔下的范爱农，是旧民主主义革命时代的一位朴实、正直、渴望革命、追求革命、不愿跟旧势力同流合污的知识分子。虽然他是一个没有奇勋伟业的平凡的人，但其思想品格却得到了作者诚挚的赞扬。他的不幸遭遇，作者寄予深切的同情。

在反清的激烈的阶级将这样一个历史背景下，鲁迅把范爱农介绍给读者。还是东京留学时期，在一个同乡会上，对徐锡麟被杀事件，要不要打电报到北京痛斥清政府惨无人道的罪行和由谁来拟电稿这两件事，范爱农同鲁迅发生了争执。他像"故意似的"一再反对鲁迅的意见，因而引起了鲁迅的"愤怒"，觉得这"离奇"的范爱农"不是人"，身为徐锡麟的学生，"自己的先生被杀了，连打个电报还害怕"，所以"要革命，首先就必须将范爱农除去"。——这是鲁迅对范爱农的最初印象。

范爱农果真是这样"可恶"的人吗？鲁迅随后就明确地否定了这种认识。回国后，他和范爱农再度相逢，促膝谈心，终于把这场很大程度上是由于误解引起的争执弄清楚了。自此以后，他们成了志同道合的好友。然而，作者为什么花了许多笔墨去写对范爱农的最初印象呢？主要是通过鲁迅对范爱农的强烈"反感"，形象地描绘他的性格特征，有力地表现他的思想本质。后来作者通过一系列事实，向人们揭示：同乡会上，范爱农的主张，并非出于害怕。恰恰相反，他的反清立场是坚定的，他对旧势力是毫不妥协的，对革命是热情拥护的。

紧接着写作者回国以后，辛亥革命前一年同范爱农相处时的情景。鲁迅又从范爱农"白多黑少"的眼睛说起："他的眼睛还是那样，然而奇怪，只这几年，头上却有了白发了，……他穿着很旧的布马褂，破布鞋，显得很寒素。"从这里，读者便可想见范爱农眼前的境遇，说明了范爱农是处在社会下层的窘困知识分子。接着通过范爱农自叙回国的经历，进一步写出了他的艰难处境。他之离开日本，乃是被逼的，因为"没有了学费"，只好回国。就此一点，也看出他同那般整日价赏樱花、逛公园，"磨地板"的清国留学生，是大相径庭的。然而，回到故乡以后，他的处境更是每况愈下，到处受到"轻蔑，排斥，迫害，几乎无地可容"。在穷愁潦倒之中，只好"躲在乡下，教几个小学生糊口"。纵然如此，还时时觉得"气闷"。这一段凄切的自述，人们不难看出，在那"人间直道穷"的黑暗年代里，像范爱农这样正直不阿，不愿趋炎附势的知识分子，必然会不容于世，到处碰壁。他在这无可奈何之中，常常结伴喝酒，借酒浇愁，"谈些愚不可及的疯话"。

作品的后半部分写范爱农积极参加革命以及辛亥革命失败后的遭遇。当渴望已久的革命到来的时候，范爱农的精神是何等的振奋啊！"那笑容是从来没有见过的"。他特地邀鲁迅上街去巡视光复后的新绍兴，还破例表示"今天不喝酒"。

王金发到绍兴后，范爱农被委任为绍兴师范学校的"监学"。任职期间，"他办事，兼教书，实在勤快得可以"。虽然"还是那件布袍子，但不大喝酒了，也很少有功夫谈闲天"，专心致志地投入革命事业中去。既不像衙门里那些把布衣换上皮袍子的人们，也不似那些故作激烈的办报少年，而是脚踏实地，勤勤恳恳，为革命出力，替社会办事。在这一节里，写范爱农的笔墨并不多，但却把他那种真心实意拥护革命的精神品质充分地表现出来。

然而，好景不长。这革命很快就露出了资产阶级的软骨头来。王金发被许多闲汉和新进的"革命党"所包围，大做王都督，情况日复一日地坏下去。鲁迅主持的师范学校也办不下去了，只好应邀往南京去。对鲁迅的出走，范爱农一面很表赞成，一面又颇感凄凉，说："这里又是那样，住不得。你快去吧……。"透过他那没有说完的"无声的话"，我们不是可以预感到一种可悲的命运正等待他吗？范爱农对世事的变化是清醒的，他对辛亥革命已深感失望。但是，他仍然没有放弃争取美好的前途，他还寄希望于鲁迅。

作者用无限深情的笔触，交代了范爱农的悲惨结局，这是文章的最后一部分。鲁迅走后不久，他的学监就被孔教会会长的校长去掉了，"他又成了革命前的爱农"。如果说，辛亥革命前，他尚能教几个小学生糊口，革命后则只能去"乞食"，可见其景况日见凄惨。而此后"景况愈困穷，言辞也愈凄苦"，最后落得"各处飘浮"，不得其终。这正是"江河日下"的旧社会所投射在他身上的阴影。但尽管环境如此恶劣，他从不卑躬屈膝，同旧势力妥协，依然以"牢骚"来表示对黑暗现实的抗议。他对生活仍然怀抱着希望，时时遥望鲁迅的来信，能引他走上新途。然而他死了！到底被旧世界吞噬了。

对范爱农的死，鲁迅是十分悲愤的。他曾这样写道："我于爱农之死，为之不怡累日，至今未能释然。"然而，鲁迅对范爱农的不幸命运的追述，绝不是单纯的思友之情，而是通过他的遭遇,探求产生这一悲剧的社会因素,反映一定时代的历史真实,寻出历史发展的某些带规律性的东西,从而推动社会前进。

鲁迅曾描写过许多找不到出路的小资产阶级知识分子的命运。如《在酒楼上》的吕纬甫,《孤独者》的魏连殳,《伤逝》中的涓生等,作者透过他们的遭遇,揭露了旧制度对他们的迫害,同时也无情地鞭挞了他们身上的弱点。范爱农与他们则截然异样。他生活在旧民主主义革命时代,经历了标志这一革命高潮的辛亥革命,他是一个受迫害者,也是一个抗争者。鲁迅在《哀范君三章》诗中赞扬范爱农是不愿与旧世界同流合污的"畸躬",然而最后被逼死了。这说明范爱农是小资产阶级知识分子中的革命者。然而,他为什么也遭到可悲的命运呢?这就是作品向人们提出的值得深思的问题。

从作品的记叙中,可以清楚地看出,范爱农是被辛亥革命以后的复辟势力迫害致死的。那些反革命的老"狐狸",当革命正在兴起的时候,张牙舞爪,妄图用血腥的镇压将革命扼杀在襁褓中,徐锡麟被挖心,秋瑾被砍头,陈伯平、马汉宗烈士的牺牲,无不是他们镇压革命的铁证。但是革命一旦成功,他们又摇身一变,亮出一副"拥护革命"的脸谱,钻进革命营垒内部,攫取胜利果实。鲁迅在《华盖集·补白》一文中曾指出:"清的末年,社会上大抵恶革命党如蛇蝎,南京政府一成立,漂亮的士绅和商人看见似乎革命党的人,便亲密地说道:'我们本来都是"草字头",一路的呵。'"这就一针见血地将这伙投机家、钻营者的嘴脸揭露无遗。不是吗？绍兴一光复，几个旧乡绅便摇身一变组织起军政府，"什么铁路股东是行政司长，钱店掌柜是军械司长……。"鲁迅以洞察幽微的眼光看出：辛亥革命后的绍兴，外貌似不同，但"内骨子是依旧的"。虽然这军政府的寿命并不长久，"几个少年一嚷，王金发带兵从杭州进来了"。但是，这些"新进的革命党"，便又施出了新的更加毒辣的一手，将"绿林大学"出身的王金发包围、拉拢、腐蚀、收买，无所不用其极，最后便取而代之，重新恢复起自己已经失去的"天堂"。

那么，为什么旧势力能得以复辟？鲁迅通过艺术描写向人们启示：这是辛亥革命的不彻底性和妥协性所必然造成的恶果。

鲁迅曾用"狐狸方去穴，桃偶已登场"这两句诗概括了辛亥革命的失败。一批老官僚刚刚倒台，"桃偶"般的新官僚便又纷纷登场。王金发的蜕变过程便是最好的说明。这个革命时期的风云人物一进城，便被渗入革命阵营的旧势力团团包围，"大做王都督"，经不起人们"用祖传的捧法群起而捧之"，便"忘其所以"了！(《华盖集·这个与那个》) 于是乎，都督、都督的亲戚、同乡、姨太太，一个个都阔起来了，"在衙门里的人物"，不上十天竟然把布衣换上皮袍子，尽管"天气并不冷"。这样一来，自然要"动手刮地皮"，在老百姓身上搜刮民脂民膏了。他们对敌人讲"宽容"，说"恕道"。王金发在"莫修旧怨"的一片声浪中放走了杀害秋瑾女士的反革命刽子手章介眉，这不是给了反革命势力的复辟活动以可乘之机吗？结果连王金发自己，也在"二次革命"失败后被敌人杀害了。这是个惨痛的教训。

由于鲁迅深刻解剖了辛亥革命的本质弱点,因此也就揭示了范爱农的悲剧的不可避免性。从某种意义上说,范爱农的悲剧就是时代的悲剧。他的个人遭遇同那个历史时期阶级斗争的剧变、社会革命逆转是紧紧联系在一起的。这一点正是作者所着力表达的主要思想内容。

《范爱农》一文不单以深刻的思想内容著称,还以独到的艺术表现力吸引读者。

本文写的虽然是真人真事,但是作者十分注意材料的选择,运用典型概括的艺术手法。拿作者笔下的绍兴来说,它在辛亥革命前后的变化很能反映当时中国社会的概貌。虽然这场革命在这个小城并没有造成惊天动地的大场面,但是,在这里演出的阶级斗争的一幕幕,却是惊心动魄的。从反革命势力改头换面组成军政府,到王金发进城,直到最后报馆事件发生,孔教会会长的上台等等,显示出革命与反革命、复辟与反复辟的斗争是异常尖锐的。这就是范爱农所处的社会环境。这个具体的社会环境反映着时代风貌,跳动着时代脉搏。作者就是在这样一个宽广的背景里表现了范爱农的思想性格。这一点,是作品能够通过范爱农个人遭遇,反映一定历史时期的社会真实的重要艺术特点。

鲁迅笔下的范爱农的一生,都同这一历史时期的阶级斗争现实是分不开的。鲁迅紧紧抓住这一点,着力挖掘时代风云和个人命运之间的本质的内在联系，把范爱农的活动同一系列重大的政治事件联系起来，使它的悲剧命运的社会根源显得更加深固。范爱农的最初出现，就是在一个"吊烈士，骂满洲"人心激愤的同乡会上，白热化的阶级斗争的背景有力地衬托了他的思想性格。其后，在辛亥革命的风暴里，他又以特有姿态再度出现。末了，他的结局也同反革命复辟势力的逼害直接联系着。可见，他的所作所为都不是游离于阶级斗争之外，他的命运伴随着整个社会阶级斗争的变化而变化着。这样，作者在描写个人悲剧时就带着深刻的社会内容，不是抽象的、孤立的、偶然的，而是具体的、典型的、必然的。读了之后，我们自然不会仅仅停留在对个人命运的关注上，而是透过它，思考着辛亥革命所以失败的惨痛教训是什么。

就人物形象的刻画而言，也颇见作者的高明的技巧。文章里范爱农话不多，动作更少，可是人物的内在思想和性格特征却十分鲜明。作者用精练而又传神的"白描"，取得了很好的效果。文章开头，写到要不要发电报时，鲁迅话音未落，"即有一种钝滞的声音跟着起来：——'杀的杀掉了，死的死掉了，还发什么屁电报呢。'"真是未见其人，先闻其声，给人留下很深的印象。紧接着作者又把说话人的外貌勾了几笔："这是一个高大身材，长头发，眼球白多黑少的人，看人总像在渺视。"寥寥数语，活灵活现，既表现了范爱农耿介、爽直的性格，同时，透过这"冷"话的背后，还使人们看出他那痛恶黑暗势力的内在思想。作者着重把那"白多黑少""看人总像在渺视"的眼球勾了一笔,这不仅是写外貌特征,还包含着"白眼看鸡虫"之意。读了以后,使人们对这位洁身自好、不愿随俗的范爱农久久不能忘怀。文章中,还有几处肖象描写也都用"极省俭的笔墨",时而把他的"多白的眼"勾了一下,时而将他头上的"毡帽"描了一笔,这些都有助于表现他的性格和他的社会地位及处境。值得一提的是作者描摹人物背景时,不是呆板的、静止的,而是立体的、活动的。例如,作者写回国后与范爱农的接触中,通过人物细微的变化,说明几年的窘迫困顿的生活在范爱农身上留下的印记。这种感觉通过作者眼睛传达出来,朴实、自然而有深意。写范爱农在绍兴光复后进城时,"那笑容是从来没有过的",只一句话,他那热情拥护革命的内心世界便通过这绽开的笑容展现出来。

采取衬托、对比的手法来突出人物,这也是值得学习的艺术手法。如用"衙门里的人物"的大换"皮袍子"来对比范爱农还是那件"很旧的布马褂";用办报少年的故作激烈的行径,反衬范爱农勤勤恳恳为革命办事教书,最后年青人的爱听笑话,同范爱农的老发"牢骚",也是一种无形的对比。这就从各个不同侧面反衬出主要人物的精神品质,使他更显得立体化。

本文是以同范爱农的交往为线索,组织素材,开展情节的,其间渗透着作者的感情。值得注意的是,作者多是将深挚的感情寓与平静的叙述之中。从深沉的回忆中,仿佛看到一颗炽热的心。开头写误解而引起的对范爱农的"反感",词带激烈,但这是从另一侧面肯定范的本质。中间叙述他在革命期间的种种表现,看似平淡,实则浓烈。最后,作者则更多地抒发对范死于非命的深切哀悼。从开首的激动,中间的舒缓,到结尾的回荡,几多波澜曲折,但热烈的感情无不蕴藉其中。作品在叙述中,巧妙地夹着插叙、追叙的艺术手法,这种跳跃和穿插,安排得有条不紊,节奏分明,回旋跌宕,使文章生色不少。

热烈的爱必然伴随着强烈的憎。作者对革命友人的深沉的热爱之情是显而易见的。对于那些毁坏革命的"蛀虫",则予以无情揭露,有力抨击。如对军政府的兵横暴砸报馆的事,作者投以愤怒的抗议和辛辣的讥刺。又如写到去报馆询问那些少年们时,作者听了对方的话后说:"我就不再说下去了,这一点世故是早已知道的⋯⋯"淡淡几句,表达了自己的激愤,揭露了对方的伎俩,也嘲讽了革命阵营中这种表里不一的人们的恶劣本质。

后记 [1]

「 写作背景 」

　　本文写于蒋介石反革命集团发动"四一二"政变后的 3 个月。它通过揭露反动统治阶级宣扬孔孟之道、实行愚民政策的罪行，抨击国民党反动派的罪恶统治。

　　我在第三篇讲《二十四孝》的开头，说北京恐吓小孩的"马虎子"应作"麻胡子"，是指麻叔谋，而且以他为胡

　　[1]本篇最初发表于 1927 年 8 月 10 日《莽原》半月刊第 2 卷第 15 期。

人。现在知道是错了，"胡"应作"祜"，是叔谋之名，见唐人李济翁[2]做的《资暇集》卷下，题云《非麻胡》。原文如次：——

"俗怖婴儿曰：麻胡来！不知其源者，以为多髯（rán，两腮的胡子，亦泛指胡子）之神而验刺者，非也。隋将军麻祜，性酷虐，炀帝令开汴（biàn）河，威棱既盛，至稚童望风而畏，互相恐吓曰：麻祜来！稚童语不正，转祜为胡。只如宪宗朝泾将郝玭（hǎo pín）[3]，蕃中皆畏惮，其国婴儿啼者，以玭怖之则止。又，武宗朝，闾阎孩孺相胁云：薛尹[4]来！咸类此也。况《魏志》载张文远辽[5]来之明证乎？"（原注：麻祜庙在睢阳。郎（fū）方节度李丕即其后。丕为重建碑）

　　原来我的识见，就正和唐朝的"不知其源者"相同，贻讥于千载之前，真是咎（jiù）有应得，只好苦笑。但又

---

　　[2]李济翁：名匡义，他著的《资暇（xiá）集》共3卷，是一部考证古物、记述史事的书。

　　[3]郝玭：《旧唐书》作郝玭，唐贞元、元和年间，为临泾（今甘肃镇元县之南）镇将（后升为刺史）。他在边疆三年，每次征战都不带粮草，取之于敌，威镇吐蕃。故下文说"蕃中皆畏惮"。蕃，指当时青藏高原的少数民族。据《旧唐书·郝玭传》载，"玭……在边三十年，……蕃人畏之如神。……蕃中儿啼者，呼玭名以怖之。"

　　[4]薛尹：指薛元赏，唐武宗会昌年间，曾任京兆尹。据《新唐书·薛元赏传》载："元赏到府三日，收恶少，杖死三十余辈，陈诸市。"

　　[5]张文远辽：张辽（169—222），字文远，三国雁门马邑（今山西朔县）人。曹操部将，屡建战功。建安二十年（215）孙权攻合肥，他率敢死七八百人大破权军，名震江东。

不知麻祜庙碑或碑文，现在尚在睢阳或存于方志中否？倘在，我们当可以看见和小说《开河记》[6]所载相反的他的功业。

因为想寻几张插画，常维钧[7]兄给我在北京搜集了许多材料，有几种是为我所未曾见过的。如光绪己卯（1879）肃州胡文炳作的《二百卌（形似"册"，四十）孝图》——原书有注云："卌读如习。"我真不解他何以不直称四十，而必须如此麻烦——即其一。我所反对的"郭巨埋儿"，他于我还未出世的前几年，已经删去了。序有云：——

"……坊间所刻《二十四孝》，善矣。然其中郭巨埋儿一事，揆（kuí，揣测）之天理人情，殊不可以训。……炳窃不自量，妄为编辑。凡矫枉过正而刻意求名者，概从割爱；惟择其事之不诡于正，而人人可为者，类为六门。……"

这位肃州胡老先生的勇决，委实令我佩服了。但这种意见，恐怕是怀抱者不乏其人，而且由来已久的，不过大抵不敢毅然删改，笔之于书。如同治十一年（1872）刻的《百孝图》[8]，前有纪常郑绩序，就说：

"……况迩（ěr，迩来：近来）来世风日下，沿习浇漓，

---

[6]《开河记》：宋人作传奇小说。

[7]常维钧：名惠，河北宛平（今北京丰台区）人。北京大学法文系毕业。曾任北大《歌谣》周刊编辑。

[8]《百孝图》：即《百孝图说》，共5卷，另附诗1卷，清代俞葆真编辑，俞泰绘图。

不知孝出天性自然，反以孝作另成一事。且择古人投炉[9]埋儿为忍心害理，指割股抽肠为损亲遗体。殊未审孝只在乎心，不在乎迹。尽孝无定形，行孝无定事。古之孝者非在今所宜，今之孝者难泥古之事。因此时此地不同，而其人其事各异，求其所以尽孝之心则一也。子夏曰：事父母能竭其力。故孔门问孝，所答何尝有同然乎？……"

则同治年间就有人以埋儿等事为"忍心害理"，灼然可知。至于这一位"纪常郑绩"先生的意思，我却还是不大懂，或者像是说：这些事现在可以不必学，但也不必说他错。

这部《百孝图》的起源有点特别，是因为见了"粤东颜子"的《百美新咏》[10]而作的。人重色而己重孝，卫道之盛心可谓至矣。虽然是"会稽俞葆真兰浦编辑"，与不佞有同乡之谊，——但我还只得老实说：不大高明。例如木兰从军[11]的出典，他注云："隋史"。这样名目的书，现今

---

[9]投炉：三国时吴国李娥的故事。《太平御览》卷415引《纪闻》说："娥父吴大帝时为铁官冶。以铸军器；一夕炼金，竭炉而金不出。时吴方草创，法令至严，诸耗折官物十万，即坐斩；倍又没入其家，而娥父所损折数过千万。娥年十五，痛伤之，因火烈，遂自投于炉中，赫然烛天。于是金液沸涌，溢于炉口，娥所蹑二履浮出于炉，身则化矣。"

[10]《百美新咏》：清代乾隆时广东颜希源编著的诗画集，内收关于古代美女潘妃、窅娘等百人的诗和画像。分《新咏》《图传》《集咏》三部分。《新咏》是颜希源自己的题咏，每人一首；《图传》即画像；《集咏》是收集前人题咏潘妃等的诗篇。

[11]木兰从军：木兰代父从军的故事，见北朝时民间产生的《木兰诗》，不见于"正史"。

是没有的；倘是《隋书》[12]，那里面又没有木兰从军的事。

而中华民国九年（1920），上海的书店却偏偏将它用石印翻印了，书名的前后各添了两个字：《男女百孝图全传》。第一叶上还有一行小字道：家庭教育的好模范。又加了一篇"吴下大错王鼎谨识"的序，开首先发同治年间"纪常郑绩"先生一流的感慨：——

"慨自欧化东渐，海内承学之士，嚣嚣然侈谈自由平等之说，致道德日就沦胥，人心日益浇漓，寡廉鲜耻，无所不为，侥幸行险，人思幸进，求所谓砥砺廉隅，束身自爱者，世不多睹焉。……起观斯世之忍心害理，几全如陈叔宝[13]之无心肝。长此滔滔，伊何底止？……"

其实陈叔宝模胡到好像"全无心肝"，或者有之，若拉他来配"忍心害理"，却未免有些冤枉。这是有几个人以评"郭巨埋儿"和"李娥投炉"的事的。

至于人心，有几点确也似乎正在浇漓起来。自从《男女之秘密》《男女交合新论》出现后，上海就很有些书名喜欢用"男女"二字冠首。现在是连"以正人心而厚风俗"

---

[12]《隋书》：纪传体隋代史，共85卷。唐代魏征等编撰。
[13]陈叔宝：南朝时的陈后主。《南史·陈本纪》："（陈叔宝）既见宥，隋文帝给赐甚厚，数得引见，班同三品；每预宴，恐致伤心，为不奏吴音。后监守者奏言：'叔宝云，"既无秩位，每预朝集，愿得一官号。"'隋文帝曰：'叔宝全无心肝。'"

的《百孝图》上也加上了。这大概为因不满于《百美新咏》而教孝的"会稽俞葆真兰浦"先生所不及料的罢。

从说"百行之先"[14]的孝而忽然拉到"男女"上去，仿佛也近乎不庄重，——浇漓。但我总还想趁便说几句，——自然竭力来减省。

我们中国人即使对于"百行之先"，我敢说，也未必就不想到男女上去的。太平无事，闲人很多，偶有"杀身成仁舍生取义"的，本人也许忙得不暇检点，而活着的旁观者总会加以绵密的研究。曹娥的投江觅父[15]，淹死后抱父尸出，是载在正史[16]，很有许多人知道的。但这一个"抱"字却发生过问题。

我幼小时候，在故乡曾经听到老年人这样讲：——

"……死了的曹娥，和她父亲的尸体，最初是面对面抱着浮上来的。然而过往行人看见的都发笑了，说：哈哈！这么一个年青姑娘抱着这么一个老头子！于是那两个死尸又沉下去了；停了一刻又浮起来，这回是背对背的负着。"

---

[14]"百行之先"：语出《旧唐书·刘君良附宋兴贵传》所引唐高祖诏："士有百行，孝敬为先。"

[15]曹娥的投江觅父：曹娥事见于《后汉书·孝女曹娥传》："孝女曹娥者，会稽上虞人也。父盱，能弦歌，为巫祝。汉安二年五月五日，于县江溯涛婆婆迎神，溺死，不得尸骸。娥年十四，乃沿江号哭，昼夜不绝声，旬有七日，遂投江而死。"在三国魏邯郸淳作的《曹娥碑》文中才有曹娥"经五日抱父尸出"的话。

[16]正史：历代封建王朝组织编写或认可的史书。清高宗（乾隆）时规定从《史记》到《明史》共二十四部史书为"正史"。

好！在礼义之邦里，连一个年幼——呜呼，"娥年十四"而已——的死孝女要和死父亲一同浮出，也有这么艰难！

我检查《百孝图》和《二百卌孝图》，画师都很聪明，所画的是曹娥还未跳入江中，只在江干啼哭。但吴友如[17]画的《女二十四孝图》（1892）却正是两尸一同浮出的这一幕，而且也正画作"背对背"，如第一图的上方。我想，他大约也知道我所听到的那故事的。还有《后二十四孝图说》，也是吴友如画，也有曹娥，则画作正在投江的情状，如第一图下。

就我现今所见的教孝的图说而言，古今颇有许多遇盗，遇虎，遇火，遇风的孝子，那应付的方法，十之九是"哭"和"拜"。

中国的哭和拜，什么时候才完呢？

至于画法，我以为最简古的倒要算日本的小田海僊本，这本子早已印入《点石斋丛画》里，变成国货，很容易入手的了。吴友如画的最细巧，也最能引动人。但他于历史画其实是不大相宜的；他久居上海的租界里，耳濡目染，

---

[17]吴友如（？—约1893）：吴猷（嘉猷）的笔名，江苏元和人，清末画家。他先在苏州画年画，后到上海主绘《点石斋画报》，并为许多小说作绣像，曾汇印有作品集《吴友如画宝》。

最擅长的倒在作"恶鸨虐妓","流氓拆梢"[18]一类的时事画，那真是勃勃有生气，令人在纸上看出上海的洋场来。但影响殊不佳，近来许多小说和儿童读物的插画中，往往将一切女性画成妓女样，一切孩童都画得像一个小流氓，大半就因为太看了他的画本的缘故。

而孝子的事迹也比较地更难画，因为总是惨苦的多。譬（pì）如"郭巨埋儿"，无论如何总难以画到引得孩子眉飞色舞，自愿躺到坑里去。还有"尝粪心忧"[19]，也不容易引人入胜。还有老莱子的"戏彩娱亲"，题诗上虽说"喜色满庭帏（wéi）"，而图画上却绝少有有趣的家庭的气息。

我现在选取了三种不同的标本，合成第二图。上方的是《百孝图》中的一部分，"陈村何云梯"画的，画的是"取水上堂诈跌卧地作婴儿啼"这一段。也带出"双亲开口笑"来。中间的一小块是我从"直北李锡彤"画的《二十四孝图诗合刊》上描下来的，画的是"著五色斑斓之衣为婴儿戏于亲侧"这一段；手里捏着"摇咕咚"，就是"婴儿戏"这三个字的点题。但大约李先生觉得一个高大的老头子玩这样的把戏究竟不像样，将他的身子竭力收缩，画成一个有胡子的小孩子了。然而仍然无趣。至于线的错误和缺少，那

---

　　[18]拆梢：上海方言。指流氓制造事端诈取财物的行为。
　　[19]"尝粪心忧"：梁代庾黔娄的故事。见《梁书·庾黔娄传》，庾黔娄的父亲庾易病重时，"医云：'欲知差（瘥）剧，但尝炎甜苦。'易泄痢，黔娄辄取尝之。"

曹娥投江
尋父屍

三

是不能怪作者的，也不能埋怨我，只能去骂刻工。查这刻工当前清同治十二年（1873）时，是在"山东省布政司街南首路西鸿文堂刻字处。"下方的是民国壬戌（1922）慎独山房刻本，无画人姓名，但是双料画法，一面"诈跌卧地"，一面"为婴儿戏"，将两件事合起来，而将"斑斓之衣"忘却了。吴友如画的一本，也合两事为一，也忘了斑斓之衣，只是老莱子比较的胖一些，且缩着双丫髻，——不过还是无趣味。

人说，讽刺和冷嘲只隔一张纸，我以为有趣和肉麻也一样。孩子对父母撒娇可以看得有趣，若是成人，便未免有些不顺眼。放达的夫妻在人面前的互相爱怜的态度，有时略一跨出有趣的界线，也容易变为肉麻。老莱子的作态的图，正无怪谁也画不好。像这些图画上似的家庭里，我是一天也住不舒服的，你看这样一位七十多岁的老太爷整年假惺惺地玩着一个"摇咕咚"。

汉朝人在宫殿和墓前的石室里，多喜欢绘画和雕刻古来的帝王、孔子弟子、列士、列女、孝子之类的图。宫殿当然一椽（chuán，放在檩上架着屋顶的木条）不存了；石室却偶然还有，而最完全的是山东嘉祥县的武氏石室[20]。我仿佛记得那上面就刻着老莱子的故事。但现在手

---

[20] 武氏石室：指东汉武氏家族墓葬的四个石室，四壁有石刻画像，其中以武梁祠为最早，故一般称《武梁祠画像》。

戲綵娛親

戲舞學嬌癡
春風動綵承
雙親開口笑
喜色滿庭闈

老萊子三種

七月八日集

魯迅

头既没有拓本，也没有《金石萃（cuì）编》[21]，不能查考了；否则，将现时的和约一千八百年前的图画比较起来，也是一种颇有趣味的事。

关于老莱子的，《百孝图》上还有这样的一段：——

"……莱子又有弄雏娱亲之事：尝弄雏于双亲之侧，欲亲之喜。"（原注：《高士传》[22]）

谁做的《高士传》呢？嵇康的，还是皇甫谧的？也还是手头没有书，无从查考。只在新近因为白得了一个月的薪水，这才发狠买来的《太平御览》上查了一通，到底查不着，倘不是我粗心，那就是出于别的唐宋人的类书[23]里的了。但这也没有什么大关系。我所觉得特别的，是文中的那"雏"字。

我想，这"雏"未必一定是小禽鸟。孩子们喜欢弄来玩耍的，用泥和绸或布做成的人形，日本也叫Hina，写作"雏"。他们那里往往存留中国的古语；而老莱子在父母面前弄孩子的玩具，也比弄小禽鸟更自然。所以英语的

---

[21]《金石萃编》：共160卷，清代王昶编。辑录夏、商、周至宋末的金石文字1500余件，《武梁祠画像》也收入在内。

[22]《高士传》：3卷，晋代皇甫谧撰。记录上古至魏晋高士96人。据南宋李石《续博物志》，皇甫原书记述高士72人，今本系后人抄录《太平御览》所引嵇康《高士传》《后汉书》等增益而成。

[23]类书：辑录名门类或某一门类的资料，以供寻检、征引的工具书。通常分类编排，也有用分韵、分字等方法编排的。

Doll，即我们现在称为"洋囡囡"或"泥人儿"，而文字上只好写作"傀儡（ kuí lěi ）"的，说不定古人就称"雏"，后来中绝，便只残存于日本了。但这不过是我一时的臆测，此外也并无什么坚实的凭证。

这弄雏的事，似乎也还没有画过图。

我所搜集的另一批，是内有"无常"的画像的书籍。一曰《玉历钞传警世》（或无下二字），一曰《玉历至宝钞》（或作编）。其实是两种都差不多的。关于搜集的事，我首先仍要感谢常维钧兄，他寄给我北京龙光斋本，又鉴光斋本；天津思过斋本，又石印局本；南京李光明庄本。其次是章矛尘[24]兄，给我杭州玛瑙经房本，绍兴许广记本，最近石印本。又其次是我自己，得到广州宝经阁本，又翰元楼本。

这些《玉历》，有繁简两种，是和我的前言相符的。但我调查了一切无常的画像之后，却恐慌起来了。因为书上的"活无常"是花袍、纱帽、背后插刀；而拿算盘，戴高帽子的却是"死有分"！虽然面貌有凶恶和和善之别，脚下有草鞋和布（？）鞋之殊，也不过画工偶然的随便，而最关紧要的题字，则全体一致，曰："死有分"。呜呼，这明明是专在和我为难。

然而我还不能心服。一者因为这些书都不是我幼小时

---

　　[24]章矛尘：名廷谦，笔名川岛。浙江绍兴人。著有《和鲁迅相处的日子》等。

《听自你,倜傥诛锄!》

一九二七、二、二五。

死有分

活无常

王历至宝编

图像

候所见的那一部，二者因为我还确信我的记忆并没有错。不过撕下一叶来做插画的企图，却被无声无臭地打得粉碎了。只得选取标本各一——南京本的死有分和广州本的活无常——之外，还自己动手，添画一个我所记得的目连戏或迎神赛会中的"活无常"来塞责，如第三图上方。好在我并非画家，虽然太不高明，读者也许不至于嗔责罢。先前想不到后来，曾经对于吴友如先生辈颇说过几句蹊跷话，不料曾几何时，即须自己出丑了，现在就预先辩解几句在这里存案。但是，如果无效，那也只好直抄徐（印世昌）大总统的哲学：听其自然[25]。

还有不能心服的事，是我觉得虽是宣传《玉历》的诸公，于阴间的事情其实也不大了然。例如一个人初死时的情状，那图像就分成两派。一派是只来一位手执钢叉的鬼卒，叫作"勾魂使者"，此外什么都没有；一派是一个马面，两个无常——阳无常和阴无常——而并非活无常和死有分。倘说，那两个就是活无常和死有分罢，则和单个的画像又不一致。如第四图版上的 A，阳无常何尝是花袍纱帽？只有阴无常却和单画的死有分颇相像的，但也放下算盘拿了扇。这还可以说大约因为其时是夏天，然而怎么又长了那么长

---

[25] 徐世昌（1855—1939）：字菊人，天津人。清宣统时任内阁协理大臣；1918年至1922年任北洋政府总统。他是一个老于世故的圆滑的官僚，"听其自然"是他常说的处世方法的一句话。

四殿五官王

玉歷鈔傳

幹許多好事

做一箇好人

玉歷至寶鈔

本宅司命

本境福神

陽無常

馬面

司大神

斫故生魂

陰無常

內室妻子哀哭

十

李光明莊

歷鈔傳像圖

陰無常

圓斷

山面

三十

免冠豪傑歷

二
三
四
五

的络腮胡子了呢？难道夏天时疫多，他竟忙得连修刮的工夫都没有了么？这图的来源是天津思过斋的本子，合并声明；还有北京和广州本上的，也相差无几。

B 是从南京的李光明庄刻本上取来的，图画和 A 相同，而题字则正相反了：天津本指为阴无常者，它却道是阳无常。但和我的主张是一致的。那么，倘有一个素衣高帽的东西，不问他胡子之有无，北京人、天津人、广州人只管去称为阴无常或死有分，我和南京人则叫他活无常，各随自己的便罢。"名者，实之宾也"[26]，不关什么紧要的。

不过我还要添上一点 C 图，是绍兴许广记刻本中的一部分，上面并无题字，不知宣传者于意云何。我幼小时常常走过许广记的门前，也闲看他们刻图画，是专爱用弧线和直线，不大肯作曲线的，所以无常先生的真相，在这里也难以判然。只是他身边另有一个小高帽，却还能分明看出，为别的本子上所无。这就是我所说过的在赛会时候出现的阿领。他连办公时间也带着儿子（？）走，我想，大概是在叫他跟随学习，预备长大之后，可以"无改于父之道"[27]的。

除勾摄人魂外，十殿阎罗王中第四殿五官王的案桌旁边，也什九站着一个高帽脚色。如 D 图，1 取自天津的思

---

[26]"名者，实之宾也"：语见《庄子·逍遥游》。这里的意思是说，事物的本身是主要的，名称是从属的。

[27]"无改于父之道"：语见《论语·学而》："三年无改于父之道，可谓孝矣。"

过斋本，模样颇漂亮；2 是南京本，舌头拖出来了，不知何故；3 是广州的宝经阁本，扇子破了；4 是北京龙光斋本，无扇，下巴之下一条黑，我看不透它是胡子还是舌头；5 是天津石印局本，也颇漂亮，然而站到第七殿泰山王的公案桌边去了：这是很特别的。

又，老虎噬（shì）人的图上，也一定画有一个高帽的脚色，拿着纸扇子暗地里在指挥。不知道这也就是无常呢，还是所谓"伥鬼"[28]？但我乡戏文上的伥鬼都不戴高帽子。

研究这一类三魂渺渺，七魄茫茫，"死无对证"的学问，是很新颖，也极占便宜的。假使征集材料，开始讨论，将各种往来的信件都编印起来，恐怕也可以出三四本颇厚的书，并且因此升为"学者"。但是，"活无常学者"，名称不大冠冕，我不想干下去了，只在这里下一个武断：——

《玉历》式的思想是很粗浅的："活无常"和"死有分"，合起来是人生的象征。人将死时，本只须死有分来到。因为他一到，这时候，也就可见"活无常"。

但民间又有一种自称"走阴"或"阴差"的，是生人暂时入冥，帮办公事的脚色。因为他帮同勾魂摄魄，大家也就称之为"无常"；又以其本是生魂也，则别之曰"阳"，

---

[28] 伥鬼：旧时迷信传说，人被虎吃掉后，其"鬼魂"反助虎吃人，称为"虎伥"或"伥鬼"。成语"为虎作伥"即源于此。

但从此便和"活无常"隐然相混了。如第四图版之 A，题为"阳无常"的，是平常人的普通装束，足见明明是阴差，他的职务只在领鬼卒进门，所以站在阶下。

既有了生魂入冥的"阳无常"，便以"阴无常"来称职务相似而并非生魂的死有分了。

做目连戏和迎神赛会虽说是祷祈，同时也等于娱乐，扮演出来的应该是阴差，而普通状态太无趣，——无所谓扮演，——不如奇特些好，于是就将"那一个无常"的衣装给他穿上了；——自然原也没有知道得很清楚。然而从此也更传讹下去。所以南京人和我之所谓活无常，是阴差而穿着死有分的衣冠，顶着真的活无常的名号，大背经典，荒谬得很的。

不知海内博雅君子，以为如何？

我本来并不准备做什么后记，只想寻几张旧画像来做插图，不料目的不达，便变成一面比较，剪贴，一面乱发议论了。那一点本文或作或辍地几乎做了一年，这一点后记也或作或辍地几乎做了两个月。天热如此，汗流浃背，是亦不可以已乎：爰（yuán，于是）为结。

一九二七年七月十一日，写完于广州东堤寓楼之西窗下。

赏析阅读

文章分三个部分。

第一部分鲁迅引证唐人李济翁《资暇集》的材料说明。"麻胡"是"隋将军麻祜"，"胡"应作"祜"，订正了《二十四孝图》中"马虎子"作为"麻胡子"之误。我们通过这一校订，可以看出鲁迅一丝不苟的治学态度。

第二部分是《后记》的主要部分。它揭露了反动统治阶级和封建卫道者的虚伪，尽管他们千方百计地掩盖和装饰腐朽反动的思想，结果仍然是欲盖弥彰，丑态百出。

这一部分的开头说明：作者为了寻找几张插图，友人替他搜集了许多材料。其中一种是《二百卅孝图》，书上还特地注明"卅读如习"，鲁迅在这里讥刺了封建卫道者的故弄玄虚的丑态。

第二层意思揭出了卫道者掩盖孝道残酷性的事实。他们中虽有人也认为"郭巨埋儿"是"揆之天理人情"不足为训的，就把它删去了。但有的卫道者则竭力为之辩解。用什么"孝只在乎心，不在乎迹"的唯心主义说教，为"忍心害理"的郭巨"孝子"涂脂抹粉。鲁迅通过反面材料中自相矛盾的地方，说明早在清朝同治年间，就已经有人感到郭巨"埋儿"之类是"忍心害理"的事。无论封建卫道者采取什么卑劣的手法，其结果，不过是弄巧成拙，适得其反，更加暴露了孔孟之道的虚伪面目。

第三层从《百孝图》的起源谈起，揭示道貌岸然的封建卫道者，实际上满脑子见不得人的肮脏思想。鲁迅从《百孝图》的名目起源于《百美新咏》这种黄色下流的书，揭穿了卫道者的画皮。后来，这个《百孝图》在上海大肆滥印时，又在前面冠上了"男女"两字，成为《男女百孝图全传》，作为家庭教育用的好教材。作序者还竭力鼓吹，要扭转所谓"道德日就沦胥，人心日益浇漓"的社会风气，行复古倒退之实。鲁迅辛辣讽刺道：自从《男女秘密》之类不堪入目的肮脏污秽的书出现以来，这"男女"两字居然被加到《百孝图》头上，真是他们"所不及料"的。然而，这倒是封建卫道者的真实写照。鲁迅又以曹娥投江觅父的记载进一步揭露了封建道德的虚伪。据传说：曹娥投江，抱父尸浮出，但在"抱"字上发生了问题："这么一个年青姑娘抱着这么一个老头子！"死尸沉下，浮上时是背对着背负着。鲁迅愤叹："在礼义之邦里，连一个年幼——呜呼，'娥年十四'而已——的死孝女要和死父亲一同浮出，也有这么艰难！"这固然说明封建礼教对人们禁锢之深，但更主要却暴露了卫道者的灵魂是多么卑劣、肮脏和下流！正如鲁迅嘲讽那些攻击《郑风》为"淫逸"的"正人君子"时所说："自心不净，则外物随之"。(《汉文学史纲要》)自己灵魂不干净，便认为外界的事物也是不干净的了。表面道貌岸然，骨子里丑恶不堪，这是一切反革命两面派的固有特征。

鲁迅纵观现今所见孝子图，带有结论性地写道：古今许多遇强盗、猛兽、风火的孝子，"那应付的方法，十之九是'哭'

和'拜'。"它教人软弱，使人变成任人宰割的奴才。它不过是统治者"一味收拾幼者弱者的方法"（《坟·我们现在怎样做父亲》）。这就指明了"孝道"的反动实质，点出了孔孟之道的要害。鲁迅愤怒责问："中国的哭和拜，什么时候才完呢！"他启示人们识破反动统治者的骗局，从血泊中昂起头来，继续斗争。

《后记》这一部分的最后一层意思是：从孝图的画法上，进一步戳穿孝道违背情理的本质。说明不合情理的事，不论如何乔装打扮，结果只能是枉费心机。鲁迅从最早的日本画本被传入我国成为"国货"说起，揭露了反动统治者用以毒害和欺骗人民的本质。接着又以情色画的下流作者画孝子图的事实，进而说明了"人重色而己重孝"的卫道者之"盛心"。鲁迅还顺手指出，在这类画匠的恶劣影响下，儿童读物的插图，把女的画成妓女榜样，孩童被画得像一个小流氓，可见这种画本流毒之深！更重要的是，鲁迅进一步指出：除开下流画者，就是如何高明的画师，也是难以画好"孝图"的。如"郭巨埋儿"，总难以画到孩子眉飞色舞；老莱子"戏彩娱亲"，图上绝难画出有趣的家庭气息。

鲁迅选取三种不同的标本，略作剖析，说明尽管画师们如何挖空心思，要弄得有生趣，但结果不是令人作呕的肉麻，便是索然无味。孝子事迹难画，画出来的总是惨苦的多，这不是技巧和画法问题，而是"孝道"本身的虚伪性和残酷性决定的。鲁迅以无可辩驳的论据，深入肌理、入木三分的分析，宣告了反动统治阶级利用封建礼教倒行逆施的破产。恰如双手沾满鲜血的反革命，一定要扮成革命者，难免弄得藏头露尾，丑态百出。

最后作者考证这类孝子的绘画、雕刻和记载的历史渊源，说明其由来之久，流毒之深。

总之，这一部分的几层意思，看似信笔写来，并不连贯，但其实是环环紧扣，层层深入，内在联系极严。先从不同版本的序言，揭露"孝"的残酷，再从书名的起源和演变，点出"孝"的虚伪，又从卫道者对曹娥的议论，挖出封建卫道者的丑恶灵魂，最后以画法的效果，有力批判和否定反动统治者美化、掩盖丑恶事物的良苦用心。所谈的角度不同，运用的材料迥异，但却紧紧围绕中心思想，有材料，有事实，有分析，从而得出了无可辩驳的结论。

《后记》的第三部分，用"无常"的画像和书籍，说明反动剥削阶级如何以自己的世界观和政治需要来塑造"无常"形象的。

鲁迅原来想给"下等人"创造的"无常"找些插图，并不想去研究什么"死无对证"的学问，搞什么烦琐考证。他在给友人的信中写道："《旧事重提》我想插画数张，自己搜集。"（《鲁迅书信集·致台静农》）又说："《玉历钞传》亦到，可惜中无活无常，另外又得几本有的，而鬼头鬼脑，没有'迎会'里面的那么可爱，也许终于要自己来画罢。"（《鲁迅书信集·致章廷谦》）正如鲁迅所说，反动统治阶级宣传封建迷信的出版物上的"无常"，跟鲁迅记忆中劳动人民塑造的截然不同，有的是"花袍、纱帽、背后插刀"，有的面貌凶恶可憎，有的"舌头拖出来了"，有的"模样颇漂亮"，"然而站到第七殿泰山王的公案桌边去了"。很明显，这是封建地主阶级画出来欺骗和统治人民的形象。鲁迅否定了这种形象，自己动手画了一幅，形成了鲜明的对照，多么活泼、生动而有生气。鲁迅还通过所搜集到的各种不同版本的对照、比较，指出"宣传《玉历》的诸公，于阴间的事情其实也不大了然"。说明封建迷信是剥削阶级编造出来，用以欺骗和统治人民的鬼话。这是对封建糟粕的有力批判与否定。

《后记》的特点是图文并用，充分利用反面材料，采用"立此存照"、分析比较、夹叙夹议的方法，使反动统治阶级及形形色色的封建卫道者原形毕露，逃遁不得。

写《后记》时，鲁迅处于国民党反动派空前严重的白色恐怖之中。他采用了借古讽今、迂回曲折的方法去进行战斗。杀人魔王蒋介石，曾经把自己打扮成孙中山的"信徒""革命者"，但在"四一二"反革命政变的腥风血雨中，完全暴露出他背叛孙中山"联俄、联共、扶助农工"的遗训、疯狂杀害共产党人和革命群众的刽子手面目。尽管他采取种种卑劣手段，为自己乔装打扮，也无法掩盖其反革命的本质。鲁迅的这篇文章，对革命人民识破反革命两面派，有很大的启发作用。